Los sueños de Ari

NOTA DE LA AUTORA

Han pasado más de cuatro años desde que publiqué *MI CONMIGO. Los sueños de Ari*. En esta reedición he corregido pequeñas cosas, pero sigue siendo la misma historia novelada que obtuvo el accésit del XVI premio Princesa Galiana del Ayuntamiento de Toledo.

No me importa el dinero gastado en psicólogos, pero sí el tiempo que he desperdiciado. Mi historia podría ser otra, si yo fuera otra. Me he buscado, de verdad que sí lo he hecho. Debo estar en el limbo del ser, porque no me encuentro en el índice de esta vida; tal vez porque pertenezco a alguna otra lista de vidas, aún por terminar. No lo sé. Hago un intento de desmigar la bola de masa que me conforma y, pedazo a pedazo, me propongo desligar los tres elementos que la componen: harina, agua y fermento. La masa madre es el legado.

El hombre no sólo es gobernado por su inconsciente, sino por el inconsciente de otros.

Roberto Losso y Ana Packciarz Losso,
La fantasía inconsciente compartida familiar

PARTE I

Lo que no está oculto

El último examen del curso me sabe a paracetamol. Aun así, escribo más de lo que debo. Un hilo de luz chasquea en la maltratada masa gris. Una verborrea electrónica de áspera sapiencia desagua entre los dedos que sujetan un "Bic" azul de tinta gel. Mi mano derecha es una máquina de caligrafía, pésima y arrogante. La cabeza me duele en algún sitio indeterminado, también las falanges y los metacarpos de la mano hasta la rabadilla. Dos horas con los huesos del culo hincados en cóncava madera de pino. Una crucifixión más que mental. Salgo del aula con náuseas y pasos de niña o anciana, con la boca reseca de anfetas y café de las últimas semanas.

Acabo de llegar a casa. Sólo quiero mi cama, las persianas bajadas y la puerta de mi habitación cerrada durante toda la eternidad, aunque esa eternidad no vaya más allá del fin de semana. Al abrir la puerta noto que algo importante ocurre. No adivino si es bueno o malo. Mi madre no suele llegar tan pronto. Su melena rubia de mechas le tapa la cara. Habla por teléfono con el auricular pinchado en una oreja, a la vez que entra y sale de las habitaciones. Lleva ropa en una mano y el portátil en la otra. Aún está la asistenta meneando el trapo del polvo.

—¿Sabes qué ocurre, Marisa? —pregunto al entrar en el salón.

—Creo que su abuela se ha puesto enferma. Su madre ha llegado hace poco. Me parece que habla con alguien de la familia. Ya no sé.

Mamá me ve y me ignora. Dirige la vista hacia mí y mueve la cabeza, como negando. No quiere que la interrumpa. Voy a la cocina y rebusco en la nevera algo que golosear. Suena el teléfono fijo ¿Quién llama a un teléfono fijo? Alguien que quiere vender algo, casi siempre es un operador telefónico. Con resignada amabilidad descuelgo. Es mi padre.

–Dile a mamá que ya salgo, que prepare mi maleta– y cuelga.

Recogemos a Jaime del Instituto y ponemos rumbo a La Ribera, con equipaje para un par de días, cinco horas de camino y una preocupación latiendo.

—¿Qué le ha pasado a la abuela? —dice Jaime.

—Que se ha caído y se ha roto la cadera —dice mamá.

Mi padre nos lleva directamente al hospital. Ver a la abuela postrada en la cama de la pequeña habitación azul me descompone. Mi hermano se echa a llorar antes de darle un beso y encadenarse a su mano (no la soltará hasta que mamá le obligue a salir de la habitación porque habla demasiado alto). Jaime es una verbena de sentimientos, un fanático del drama que gusta de imitar los gestos del abuelo, fallecido. Los demás nos acercamos a ella sin escándalo.

—Hola Mina, ¿cómo estás? —digo.

—Rota, princesa, estoy rota. Parece que tengo fracturada la cadera, o el fémur, no sé exactamente. Pero no te preocupes, me van a operar y enseguida estaré lista para pasar el verano juntas. ¿O tienes otros planes?

Me separo de la cama para dejar a mamá más intimidad con la abuela. Mi padre y Jaime se van a la casa para dejar las maletas. Me siento en el sillón, bajo la ventana de la habitación que no da al mar. Observo a la madre y a la hija; a mi abuela y a mi madre. ¿Nos parecemos? Seguramente sí. Pienso en que cada hija contiene una madre, y miro a mamá desde otra distancia más cercana, con algo de complicidad posesiva. El rancio sentimiento se esfuma cuando entra la enfermera a tomar la tensión a la abuela.

—¿Qué tal Balbina? (verdadero nombre de la abuela, "Mina" es el que usamos los demás porque es el que le gusta a ella). El lunes la trasladan al hospital de La Arrixaca. Allí la van a operar.

Mi madre sale detrás de la enfermera. Me pide que me quede con Mina, ella va a telefonear a su empresa. La abuela está adormilada, seguramente el calmante que el auxiliar le puso en el goteo ya le está haciendo efecto. Está despeinada pero guapa, tranquila pero firme. El amor por la abuela se me antoja parecido al de una madre por su bebé. Es una ternura inmensa por cada arruga, por cada cana. Me quedo mirándola unos minutos. Verla tumbada, inmóvil, me aleja de ella y del presente, me lanza a otra perspectiva más natural, aunque etérea, fuera de la habitación. Sé que mis ojos no parpadean, me despego del suelo y estoy ahí, respiro en otra atmósfera o no respiro siquiera, habito un espacio atemporal, pero es cómodo, como si ya lo conociera. Estoy solo yo, y me contemplo desde lo alto, es sólo un instante, regreso otra vez dentro de la cuadrícula azul, frente a ella. Una curiosidad delicada se instala en mi cabeza al pensar en ella como mujer creadora, en su pasado y, de golpe, me devuelve a una configuración más terrena, como si nada hubiera pasado. Ahora su vida es parte de la mía, yo soy el legado de nuestras antepasadas, yo contengo a todas las mujeres que nos precedieron, a las madres y a las hijas.

Tía Marina entra acompañada de un ruido tan vital que me incomoda. La abuela se sobresalta ¡Adiós sosiego!

—¡Hola!, ¿qué tal estás mamá? ¡Ay, si no te he dado un beso, sobrina! ¡Qué guapa estás, por Dios! ¿Mamá, qué tal te encuentras?, ¡anda que vaya susto!, pero podía haber sido peor, ¡tú no te preocupes! Ya estamos aquí y todo va a salir bien. ¿A qué sí? —Tía Marina me mira, me besa y me vuelve a mirar, luego besa a la abuela y le atusa el pelo. Deja el bolso en el sillón—. ¿Y tu madre dónde está? ¿A dónde ha ido, a la casa o a dónde? Dijo que me esperaba aquí. Pablo y Sofía están aparcando el coche, ahora suben. ¡Qué asco de viaje, es que se hace eterno en coche! ¿Vosotros cuándo habéis llegado?

¡Tantas preguntas!, y no espera respuesta a ninguna. Mi tía habla por hablar, la mayoría de las veces. Creo que es algo fisiológico, una arrebatadora necesidad de pronunciar sin más, sin contenido, sin receptor. Le cuento lo que nos dijo la enfermera y cuando regresa mamá, yo bajo a ver el mar. Encuentro a mi padre y a Jaime tapeando en un chiringuito de la playa.

—¡Hola!, ¿papá, me invitas? —Yo tampoco espero respuesta. Me siento con ellos.

—¿Por qué no llamas a mamá para que baje?

—Es que han llegado los tíos, y está con ellos —digo.

—Entonces, que se bajen todos. Prefiero quedarme solo con la abuela, no estoy para aguantar la charlita de tu tía.

Mencionar a tía Marina es como tocar la alarma de incendios, todos salimos corriendo.

—¡Te vas a quedar dormido en el sillón! Lo veo, te veo, —giño el ojo a mi padre.

—Me subo con papá —dice Jaime. Últimamente mi hermano no se encuentra a gusto conmigo a solas.

Mi padre se levanta y me deja un billete de cincuenta euros sobre la mesa. Con un manotazo se lo arrebato al viento. Papá sonríe y me revuelve el pelo. Jaime ya alcanza el límite entre la arena y la pasarela de madera que llega hasta el Paseo. A la escasa sombra de una palmera él espera, levanta la mano desganada para despedirme. Jaime es guapo. Su figura delgada y firme como una espiga de postal me dice que somos migajas de la misma masa.

Algo así es nuestro fin de semana. Vamos por turnos a visitar a Mina al hospital, el resto del tiempo los adultos hablan sobre el postoperatorio de la abuela. Yo paseo por la playa o voy al centro comercial. Me parece un precioso tiempo perdido, tampoco puedo hacer nada mejor. Mí conmigo.

Cuando recogemos a la abuela del hospital, el traumatólogo advierte que puede tener unos días de desorientación, de cambios de carácter, incluso pequeñas pérdidas de memoria. También habla de la importancia de la rehabilitación.

Mina vive sola desde que el abuelo murió. Viene a nuestra casa en navidades, y a mediados de enero ya empieza a sentirse inquieta. "No es que no me encuentre a gusto aquí, es que ya es hora de irme a mi casa". A partir de ahí, hay que marcar la fecha de su vuelta en el calendario. Si el día señalado se retrasa por algún imprevisto, le empieza a temblar la mandíbula inferior como si tuviera frío, síntoma claro de tensión y rabia contenida, saca la maleta al recibidor y simplemente espera, con el gesto torcido.

Los vecinos acuden, de rato en rato, para interesarse por el estado de la abuela. Cada miembro de la familia agota su turno y cuota de amabilidad para abrir a las continuas, y a veces impertinentes, llamadas de timbre. Dejamos la puerta entreabierta. Entran en la casa dando dos o tres golpes al llamador. La mayoría de las veces ya no prestamos atención, ellos simplemente entran. Gastan con nosotros dos o tres frases de rigor y se despiden entonando parecidas cantinelas. "¡Ay Mina, nosotros ya somos mayores!", "¡las escaleras son un peligro!", "enseguida te recuperarás, eso no es nada", "si necesitáis algo, no tenéis más que decírnoslo".

Amparo, veinte años más joven que la abuela, es la vecina de al lado. Los miércoles van al mercadillo, los viernes por la mañana echan la lotería, a veces la acompaña al médico, y casi todos los días, por la mañana o por la tarde, pasa a verla, simplemente por saber que está bien. Como agradecimiento, mamá y tía Marina, cada verano la traen un obsequio. Mamá un cinturón de marca, la tía un bolso de imitación. No sé qué hace Amparo con tanta mercancía de diseño, pero podría extender una sábana junto a los manteros de La Curva. Desenvuelve cautelosa los paquetes, despegando casi con dolor el celofán del papel de flores, y sonrojada da las gracias. Como fondo, la incansable letanía de mi tía: "¿Es que no te gusta?, ¡si quieres puedes cambiarlo por otra cosa!, ¡a mí me encanta!, ¡es monísimo!, ¿a que sí?". Ella, discreta, sólo abre sus enormes ojos de sapo resignado.

—¿Qué vais a hacer? —pregunta Amparo con verdadero interés.

—En eso estamos —dice tía Marina.

Amparo se despide de la abuela con cordialidad y cariño.

Mi hermano, la prima Sofía y yo, escuchamos o salimos al jardín trasero, dependiendo de la intensidad del coloquio. No se nos ocurre opinar. "Cuando los mayores hablan, los niños callan". Aunque ya, ninguno de los tres somos niños.

—No puedo evitar acordarme del abuelo —dice Jaime—. Siempre echa mano del abuelo cada vez que hay cierta tensión familiar. ¿Cuándo se dará cuenta de que el abuelo no puede hacer nada? Jaime dice que le reza y se santigua al empezar cada examen. Mi prima nos escudriña los gestos y las miradas. Les dejo plantados en el porche. Voy a ver lo que se cuece. Entro al salón y me siento entre mi madre y mi tía. Dudo si me mandarán de vuelta al jardín.

—No, no. Ya lo he decidido. Me quedo en mi casa. ¡No hay más que hablar! —dice la abuela.

—De acuerdo, contratamos a una auxiliar para que te cuide —dice mi madre.

—¡Ya veremos! —dice Mina.

—Mamá, no hay un "ya veremos", tenemos que decidirlo ahora—dice Marina—. Nosotros tenemos que volver a nuestros trabajos, a nuestra vida. No podemos estar aquí, mareando la perdiz, esperando a que tú decidas. Te guste o no, tienes que contar con nosotras.

Tío Pablo intenta hablar. No llega a decir palabra.

—¡Tú cállate! —le grita la abuela—, ¡opina en tu casa, no en la mía! Yo decido mi suerte.

Mi tío se encoge en el asiento. Todos en la misma posición, sentados con la cabeza mirando hacia los pies. Yo les observo, la abuela también. Ella y yo cruzamos una sonrisa burlona. Sabíamos que pasaría. "Balbina la tremenda", así la llaman en su pueblo. Siento un orgullo hormigueante que se transluce en mi cara, es como una victoria anunciada. Mamá corta el incómodo silencio impuesto.

—Bueno mamá, quédate tranquila. Yo me quedaré contigo unos días, lo arreglaré en el trabajo. Se contrata a un fisioterapeuta y se aumenta la jornada de la asistenta.

Y así es. Es la única salida que Mina deja libre.

Mi madre se queda en La Ribera para encarrilar la casa y al personal. Después de ella voy yo, y detrás mis tíos y luego mis padres. La abuela lo acepta, acostumbrada como está a que todos los veranos, hijos y nietos, le invadamos la casa y le trastoquemos su rutina.

—Voy a casa de Amparo un momento. — Mi madre sale y yo detrás de ella.

—¡Voy contigo, mamá! —digo. Si la abuela es el ama, mi madre (Mabel, oficialmente María Isabel de todos los Ángeles), es la mayor de los tres hermanos, la administradora, la contable y la consejera, voz y voto útil en la familia.

Mi madre pregunta a Amparo sobre el accidente de la abuela. No le resulta fácil creer que simplemente hubiera tropezado en un escalón y callera escaleras abajo. Mina tiene la tensión alta, pero toma medicación. La vecina nos cuenta que la encontró sentada en el sofá.

»Llamé al timbre mientras arrancaba el coche, íbamos a ir al nuevo centro comercial. Al ver que no salía, volví a llamar y entré en la casa (Mina abre la puerta de la calle cuando se levanta y no la cierra hasta que se acuesta. Algunos ancianos están así acostumbrados, como hacían en los pueblos). Estaba recostada, con cara de dolor y se quejaba de magulladuras por todo el cuerpo. Le pregunté qué le pasaba, si se encontraba mal. Me dijo que se había caído por las escaleras. Me asusté. Le revisé las heridas y le pregunté cómo le había pasado. Me dijo que vio a tu padre, o se imaginó verlo, pero se sobresaltó y cayó. Debió perder el equilibrio, marearse, o dio un paso en falso y perdió el escalón. No sé cómo pudo llegar sola hasta el sofá. Yo intenté levantarla para llevarla a urgencias de Los Arcos y no pude, tuve que llamar a emergencias. Le dolía todo mucho, y ya ves, rotura de cadera».

—¿Cómo que vio a mi padre? —dice mamá.

—Sí, eso me dijo al principio. Es raro, lo sé —dice Amparo.

—Pero a nosotros, no nos ha dicho nada de eso, simplemente que tropezó.

—Sí, a mí tampoco me lo ha vuelto a mencionar. No he querido preguntarle, supongo que cuando me lo dijo estaba aturdida. Pero es raro.

—Sí que lo es. Bueno, gracias, Amparo, por todo. No te entretengo más.

En el escaso recorrido de la casa de Amparo a la nuestra, mamá me dice que no se me ocurra mencionar "lo del abuelo" a nadie.

—Y cuando digo a nadie, es a nadie, —repite mamá. Zanjada la cuestión.

***

La primera sensación de libertad que recuerdo es cuando arranco el coche en la puerta de mi casa para viajar sola hasta Murcia. Tenía el carnet de conducir recién estrenado y mi madre me dejó su coche, no por confianza supongo, sino porque lo necesitaba. Una simpleza que no debería gozar del concepto de libertad, pero para mí, en aquella ocasión lo era. Me hizo sentir adulta y libre, no digo que lo fuera realmente, de eso me di cuenta más tarde. Esa sensación de autonomía me acompañaría durante ese verano. Solas un mes, Mina y yo. Ella dentro de la casa, yo fuera; ella imagina su pasado, yo mi futuro; ella atada, yo, suelta.

Cada mañana, después de desayunar juntas, Mina comienza sus ejercicios de rehabilitación y yo me voy a la playa. Abrazo el sol hasta que la piel me arde, sueño otras vidas, adormezco la brevedad de mi independencia; gozo del agua y la sal hasta que las yemas de los dedos parecen garbanzos en remojo. El mar y la arena me depuran, me arrancan los restos de una adolescencia tardía, no pienso en otro devenir que no sea el día siguiente. Un día igual a otro, pero que no acumulan desidia, que avivan la fuerza de una juventud temprana. Regreso a casa con una alegría inocente ya nunca vivida. "¿Cómo está hoy el mar?", me pregunta la abuela, y yo, renovada con esos baños de vida, le doy un abrazo y le digo: "Oscuro, muy oscuro, sin los espumajos blancuzcos que tanto le afean. Guapo el mar, brillante, intensamente luminoso. Perlado de olitas chicas que brincan a la orilla". Mina ríe.

Ella siempre reposa después de comer; yo nunca. En las siestas, tumbada en la cama, bajo el ventilador, me atrapan las novelas. Tan diversas que me muestran un mundo que me resulta difícil de imaginar, que no siempre comprendo, pero me fascina: *El Gatopardo, Tiempo de silencio, Los pasos perdidos, Juan sin tierra* o *Rayuela*. Leo todas las que el abuelo tenía, incluso algunas de Marcial

Lafuente Estefanía, que no están colocadas en la estantería, pero la abuela manda sacarlas del trastero para cuando se me acabe la lectura. Por las noches me quedo leyendo hasta la madrugada, la abuela no me regaña y me deja con la luz encendida hasta la mañana siguiente. Ese despertar literario forma parte de mí, aunque haya estado dormido algunos años. Lamento no haberlo aprovechado siempre.

Amparo pasa casi todas las tardes a saludarnos, toma con nosotras un café con rollos de Cartagena y suspiros de almendra. Es agradable, por lo cotidiana y breve, la visita de Amparo.

En el jardín trasero el calor de la tarde pasa inadvertido; los ficus gigantes, el jazmín trepador y los naranjos, no dejan entrar el sol de la mañana. Está lleno de olores que se mezclan sin permiso, de la misma manera que las historias de la abuela; empieza con su boda y al poco regresa a su niñez en las huertas, para acabar con la muerte de su padre o con mi lluvioso nacimiento. Pero en todas, el abuelo es el protagonista. A tardes es un bendito, a tardes un demonio.

—¿Sabes que el abuelo tenía una Vespa? —Mina remata el último suspiro, se chupa los dos dedos que lo llevan hasta la boca y los seca en la servilleta de algodón fino, una minúscula prenda de su extenso ajuar, la dobla con dulzura, como papel de seda—. Este juego de café lo bordé yo. ¡Antes bordaba maravillas! Era casi una niña cuando mi madre me llevó a las monjas; ellas me enseñaron a bordar haciendo prendas para la iglesia: albas, estolas, casullas, incluso un manto para la Virgen. ¡Tenía manos de ángel!

—¿De qué color era la moto?

—Verde, era verde guerra—. Los ojos de Mina se posan en el rosal que trepa por el muro, cuelgan pétalos blancos y rojos de algunas flores marchitas que no pueden tenerse erguidas, se agarra al andador y con pasos de ave flamenca se acerca a las rosas. El puño de su mano derecha arrebata los capullos resecos que guarda en el bolsillo de su bata. Ladea la cabeza y examina la calidad de las rosas vivas, turgentes, que le regalan generosas un pellizco de su aroma denso.

—No voy a cortar ni una, siquiera para ti, su vida es intensamente corta, aunque intensamente bella. Viven simplemente para ser contempladas ¿Qué objeto tiene arrancarlas, como si fueran mala yerba?

—¿Montabas en la Vespa?, con el abuelo, digo.

—¡Por supuesto! Éramos la envidia del pueblo. —Mina me acerca el platillo de loza; flores azules y figuras de mujeres rechonchas y felices enmarcaban un solitario dulce, único testigo de la merienda de las seis de la tarde—. ¿Quieres el último suspiro?

Cojo el merengue con la delicadeza de quien escoge el capullo más tierno del rosal. Muerdo hasta el mismo centro, donde la sabia de almendra se deshace en mi boca, caen algunas migas de azúcar seca por mi vestido, alargo mi mano con la mitad del exquisito bocado que acerco a los labios de mi abuela. Ambas paladeamos el néctar de lo que fue el último suspiro enmarcado en fina porcelana.

—También la conduje alguna vez. El abuelo me enseñó. —Se relame con gusto el azúcar pegado a sus labios, el mismo que le traen los recuerdos.

»Esteban me recogía sobre las ocho de la tarde. Paraba la Vespa en la puerta de la casa y hacía sonar insistentemente aquella bocina sorda hasta que yo aparecía por el portalón. Mi abuelo Ramón, sentado a la fresca de la calle, preparaba un par de cigarros de picadura y también le esperaba. Tu abuelo contaba al mío historias que inventaba sobre los viajes a la sierra que hacía durante la semana. Algunos días, aquellos cuentos se alargaban tanto que yo volvía a entrar en la casa sin haber salido. Ellos seguían y seguían, hasta que mi abuela Remedios los llamaba para cenar. Los chismes continuaban en la mesa hasta hacernos llorar de risa. Esteban tenía esa gracia, esa simpatía, que embaucaba a todos. Mi abuela recogía la mesa y nos mandaba a todos a la cama, pero el abuelo Ramón sacaba una botella de orujo y decía: —"!A la cama las mujeres!, ¡qué coño!". Una tarde yo estrenaba un vestido blanco de lunares negros, ¡precioso! Me lo habían hecho mi madre y mi hermana (ellas eran modistas).

Íbamos a la boda de unos amigos, en Santo Tomé. Esteban me dejó llevar la moto. ¡Me sentía feliz del todo! Él iba detrás, pegadito a mí, me daba besos en el cuello y me susurraba bonitos piropos, recogiendo mi pelo con su mano. La risa, el juego y la felicidad nos tiraron al suelo. Y en el suelo, entre olivos sedientos, llegaron los abrazos, los besos y el revolcón. Nueve meses después nació tu madre en Madrid. Nos casamos y nos fuimos del pueblo cuando me faltó la tercera regla».

—¡Abuela! —digo.

—Ari, siempre se ha follado, hija. Para bien o para mal, la jodienda está ahí. ¡Y pobre del que no la pruebe!

Mina nunca habla así delante de los demás. Alguna que otra vez suelta un taco, sí, pero nunca tan desinhibida como ahora. Es una vieja joven pasota o desea empatizar conmigo de forma desmesurada. Yo no hago aspavientos, pero verdaderamente me deja asombrada. Puede que el calor de la tarde, la medicación y la copita de Marie Brizad hayan ayudado. Abusando del momento le pido permiso para encender un cigarrillo.

—¡Tampoco te vengas arriba! —dice—, y saca un par de cigarrillos del otro bolsillo de su bata—. Charlemos y fumemos antes de que nos avisen para cenar.

—¡Abuela!, ¿desde cuándo fumas? ¡Nunca te he visto!

—Fumo cuando me da la gana, pero nunca lo hago delante de gente. El único vicio que dejo visible es la palomita de anís. —Me guiña un ojo. Yo también hago ese gesto.

Espero a que prenda la cerilla que arranca de un cartón plegable con anuncio de un hotel, y hago una mínima intención para que ella encienda primero. Le pido que continúe su historia.

»Alquilamos un piso pequeño en la calle Ponzano. Era interior, sólo tenía dos habitaciones y treinta y ocho escaleras para llegar a él. Esteban, por medio de un amigo coronel, enseguida consiguió trabajo en Barreiros. Este coronel, más que amigo fue mentor del abuelo. No sé de donde salió. Una tarde me dijo el abuelo que bajara a tomar un Martini, el aperitivo de los domingos, y me lo presentó. Ese día comimos en una marisquería de la calle Bravo Murillo, por supuesto nos invitó él. Fue la primera vez que yo probé las ostras y los percebes. A tu madre le dábamos cachitos de gambas, ¡no sabes cómo le gustaba! Apareció ese día, Francisco se llamaba, y así se fue instalando en nuestras vidas. Supongo que algo se traería entre manos, pero siempre nos ayudó hasta que murió, cinco años después. Sólo él conseguía llevar a Esteban por el camino recto. Al poco de nacer Marina, el abuelo empezó a llegar tarde a casa, a veces de madrugada y ebrio. Hablé con el coronel; el abuelo se gastaba la mitad del sueldo en ¡Dios sabe qué!, y con el otro medio yo no podía hacerme cargo de la casa y de tu madre. El coronel le puso a estudiar en una escuela nocturna de maestría. ¡No me preguntes cómo obtuvo el título de Perito Industrial, porque no lo sé! Fueron dos años de calma, más o menos venturosa, que culminaron con un ascenso para el Abuelo y el traslado como Director técnico en la nueva Chrysler. El coronel nos animó a meternos en una vivienda más grande y en mejor barrio, y nos prestó la entrada para comprar el piso de la calle Maldonado. ¡Un palacio para mí! Intenté ahorrar cada mes para devolver el préstamo, pero no era fácil. Tu abuelo se volcó en la bebida, casi sin darnos cuenta. Lo que yo guardaba cuando me traía el sobre, lo tenía que sacar para vivir los últimos días del mes. Hablé de nuevo con el coronel y le expuse las circunstancias. Nos dijo que no nos preocupásemos por el dinero, él no tenía hijos y adoraba a tu madre. Pagó totalmente la hipoteca y le regaló el piso a Mabel».

—Es difícil de entender —digo— Aunque el coronel no tuviera hijos, ¿por qué se lo regaló a mamá? ¿Por qué os ayudaba tan desinteresadamente?

–Sinceramente no lo sé. ¡No pienses mal de mí! —La abuela pensaba que yo pensaba que tuvo un lío con el coronel.

»Era apuesto, sí, pero mucho mayor, rondaría los sesenta. Creo que estaba jubilado o en la reserva, algo así. Estaba casado, y yo ¡estaba enamorada de tu abuelo hasta las trancas! Esteban era muy guapo, alto, delgado, espaldas anchas, ¡Jaime es su vivo retrato! Pero él era alegre y divertido, con una gracia y un aire inquieto que enamoraba. Luego la bebida, ¡la desgraciada bebida!, lo transformó. Pasé del amor al odio, como suele decirse, en el siguiente embarazo. Antes de que naciera tu tío empezó a darme asco. El tocólogo me dijo que a veces ocurría, algunas embarazadas rechazan el olor de su pareja y no dejan que sus maridos las toquen. Lo mío no fue pasajero. Cuando Alex nació, la presencia del abuelo era vomitiva para mí».

No hemos encendido la luz del jardín, sólo algunas lámparas solares de colores atrevidos indican que es de noche. No distingo la cara de la abuela, sólo su contorno. Me intriga ver su expresión en este final del relato. Su silencio me inquieta.

—Ya seguimos otro día —dice—. Ayúdame a levantarme, que no sé dónde tengo el andador. ¡Vamos para dentro!

Johanna dispone la mesa en la cocina. La abuela le riñe por no haber salido antes a por nosotras. La asistenta se excusa, le dice que acaba de oscurecer y no se ha dado cuenta, estaba con las bacaladillas en la sartén. Llevo la jarra de agua a la mesa y nos sentamos. Le digo a Johanna que puede marcharse, ya me ocupo yo de recoger. La abuela agita la mano derecha como el que no quiere saber nada, quiere que se marche. Cenamos en silencio. Mina no quiere ver la televisión y la llevo a su dormitorio. Mientras se asea en el cuarto de baño y se pone el camisón, me siento en su cama a esperarla. Se acuesta y le acerco el rosario, colgado en la lamparita de noche. Subo la persiana y bajo la mosquitera. Dejo su jarrita con agua fresca en la mesita, junto a la campanilla de bronce, me acerco a besar su frente, me sujeta fuerte el brazo con su mano, me mira desafiante.

—Esteban es el amor de mi vida, ¡te lo juro!

—Sí, abuela. ¡Que descanses!

Dejo la puerta de su habitación entornada. Salgo al jardín y me sirvo un dedo de anís en la copita de la abuela. Me lo bebo de un trago, como en las películas del oeste. La garganta me quema y abro la boca, aspiro con la fuerza del último resuello, para que entre el aire y ahogue el azogue que llevo dentro. Tomar copas nunca ha sido lo mío. No me gusta, y con poco me emborracho. Será que tengo las venas llenas de alcohol, el que bebió mi abuelo. Llena de tristeza y decepción busco una novela. *Rayuela*, está bien para empezar la noche: "*Como podía yo sospechar que aquello que parecía tan mentira era verdadero, un Figari con violetas de anochecer, con caras lívidas, con hambre y golpes en los rincones. Más tarde te creí, más tarde hubo razones*".

La mañana de playa no me distrae del amargor de la noche anterior. El mar sólo me devuelve restos de resignación. La abuela se levanta con los ojos hinchados, más torpe de lo habitual. Merendamos solas, son las seis y Amparo no viene. La conversación se esconde, ni una sola palabra llega a nuestras bocas, expulsamos el aire sin más, ninguna fonación, nada suena. Es sólo aire.

—Abuela, hoy no tengo ganas de escuchar historias. Prefiero leer. —No levanto la vista del vaso de leche manchado con gotas de café. Me gusta el café solo, pero no digo nada.

—Mejor así.

Retiro las sobras de la merienda. Dejo la bandeja en la cocina y le digo a Johanna que voy a dar un paseo en bicicleta, por si la abuela pregunta por mí. No estoy para más novelas. Me voy por el camino de madera hasta Las Higuericas. Es oscuro pero seguro. El Paseo es impracticable a estas horas. Los turistas salen de los hoteles y apartamentos, como hormigas furiosas, en fila rutinaria, un desfile de ida y vuelta. Desmoralizados, ojean la presa de una mesa libre en los bares de la playa. Oigo, el mar detrás de los juncos, el ruido de los radios de las ruedas al romper el viento, mi respiración inconsciente se hace presente cuando retardo la marcha. Pedaleo hasta acabar en el muro de las Mil Palmeras.

Cenamos de la misma manera que hemos pasado el día. Distantes, calladas. Mis gestos con ella se reducen a servirle un vaso de agua. Ni siquiera espero un "gracias". Pido a Johanna que acueste a la abuela antes de irse.

—¡Ni se te ocurra, niñata engreída! —La voz de la abuela, medio ronca medio aguda, es un grito de rabia casi impotente, pero aún con fuerza para imponerse a nosotras, nos asusta. Johanna se gira y espera la respuesta que no le doy. Me encojo de hombros. Johanna vuelve al fregadero y enjabona los platos. Mina se levanta como puede y coge su andador. No me atrevo a pestañear. Cuando pasa por mi lado me da una palmada en el hombro. —¡Vamos!, coge la botella de Marie Brizad y salgamos al jardín.

"¡Vaya la que me espera!"

»Dios abrió las compuertas del cielo o lanzaba jarros de agua desde los balcones del cielo. Aquella lluvia no era normal. Mi Mabel te llevaba en brazos, arropada contra su pecho, pero no podía andar bien, le dolía mucho un costado y tenía la vagina desgarrada. El abuelo os tapaba con su paraguas negro. Tu padre, no sé qué coño hacía, le recuerdo cargando bultos en el maletero. Cuando ya me senté en el coche, al lado de tu madre, tuve que bajarme para ayudar al abuelo a cerrar el paraguas, ¡así se hizo de torpe!

Habías nacido con el peso justo para sobrevivir. Mi hija era un pelele, no tenía fuerzas para sujetarte en brazos. Pasó tu primer mes de vida en la cama, sin parar de llorar. Tu padre decía que tenía la vagina como una hamburguesa, ¡tú se la habías destrozado! Yo no lo vi. Era tu padre quien se encargaba de curarla y de mimarla, yo tuve que hacerme cargo de ti. ¡Mi pobre Mabel!»

—Aquel día la cambié por ti, y lo he hecho muchas veces. ¡No seas ingrata conmigo! —dice—, ¡Sírveme otra copita!

Lo hago y me levanto a encender una luz en el salón. Enciendo un cigarro y me siento frente a ella con un vaso de agua fresca con mucho zumo limón. Me sentará bien echar ácido al estómago, por acompañar el que la abuela me escupe al corazón. Expulso el humo con aire ruidoso, para que me mire, pero no lo hace. Sigue con la cabeza erguida, buscando su pasado en la oscuridad del jardín o en la claridad del anís con unas gotas de agua. Sé que continuará hablando. El alcohol le afila la lengua y la medicación le nubla los hechos. Me contará lo que ella quiera.

»Llamé a la puerta de Felisa. Es mi cuñada. Creo que aún vive. No sé si tú la conoces, da igual. Para mí era una hermana. A los dieciséis años se fue a vivir con Paco, el hermano del abuelo. Eran inseparables. Juntos se corrieron muchas juergas, por eso acudí a ella, sabía de esto. ¿Sabes que el abuelo llevaba tres fotografías en su cartera? A Paco, a ti y a mí; a los que más quería.

Felisa era mi consuelo. Abrió la puerta y me cogió de los brazos a Alex que apenas caminaba. Dejé su carrito en el portal. Mabel llevaba de la mano a Marina y subían despacito las escaleras, aún no habían alcanzado el rellano. Tu madre siempre cuidó de su hermana, como debe ser. "No tengas miedo, bonita, yo estoy aquí" le decía, y Marina se cobijaba detrás de ella, enganchaba una punta del vestido de Mabel, se lo metía en la boca, lo chupaba con ansia, pero se calmaba. Felisa esperó a que subieran, mientras yo lloraba sentada en el sofá, con las gafas de sol puestas. Tenía los ojos tan hinchados que no podía abrir los párpados. Llanto de sólo una noche o de una sola vida. Porque ya no lloré más, hasta que él murió. Todavía le lloro ¡Mira si soy tonta!»

—Añade un dedal de anís a la copa, ¡por favor! —dice— ¿Sigo?

—Si tú quieres, continua.

—Sí, quiero. Para lo bueno y lo malo, para la salud y la enfermedad. —Mina suelta una carcajada estruendosa.

"¡Puta gracia que me hace a mí!". Tanteo con las manos en la mesa, en busca de la botella y de la copa, están pegajosas, como Mina. Le sirvo. Siento su mano extendida en la negrura, abierta, esperando. Un arrebato de violencia se me cruza, como un mosquito desquiciado, y me pica las ganas afiladas de arrojarle el anís a la cara. Pero no veo su rostro, apenas distingo un perfil, embrujado y ajeno, lejano. Le acerco la copa sin condescendencia. Palmo mi vestido y saco un liadito del bolsillo, suculento y mágico. Yo también necesito nublar los sentimientos. Mi silencio, saboreando la primera calada de *maría*, otorga el beneplácito a su ebria locuacidad.

»Nos encantaba viajar. He recorrido casi toda España en coche, con mi Esteban. Algunos con mis hijos, otros con Felisa y Paco o con mi hermana Luisa y Ginés. ¡No teníamos un duro!, pero éramos felices cuando cogíamos la carretera, descubriendo pueblos y playas, descubriéndonos a nosotros entre las sábanas de alguna pensión generosa que nos abría las puertas de madrugada. Luego todo se ensució. Esteban se tiró completo a la bebida y yo me hice cargo de los taxis. ¡Hasta tres, tuvimos! Esos coches nos dieron bien de comer, aunque yo me puse a trabajar. Tomé las riendas de mi familia, y ya nunca más las solté».

—Abuela —digo—, estoy cansada, ¿nos acostamos?

—¡No quieres aguantar mis batallas! Está bien, apuro la copita. Acércame el andador, que no lo veo.

Johanna dice que mi madre está al teléfono. Dejo la tostada en el plato, me limpio el aceite que me chorrea barbilla abajo y corro hacia el salón para escuchar la voz de mamá. ¡Qué necesidad inaudita de hablar con ella!

—Ari, te estoy llamando al móvil y ¡nada de nada! —¡Es tan agradable oír su voz! Es como llegar a casa cansada, muerta de haber corrido dos kilómetros a trote cochinero, tomar una ducha larga, vestir ropa limpia, oler a jabón y tumbarte boca arriba en sábanas de algodón recién planchadas.

—¡Mamá! —grito con entusiasmo—. Ya lo sé, lo del móvil, digo. ¡Estoy haciendo cura de móvil! Me prometí dejarlo en el cajón de la mesilla durante estos días. ¿Cómo estáis?

—Estamos bien. Ari, me parece bien que te liberes algo del teléfono, pero también es necesario, ¿sabes? Hoy en día no se puede estar sin móvil. ¡Eres tremenda tomando decisiones! No todo es blanco o negro, hija. Por favor, ¡llévalo contigo!, por si necesito llamarte.

—¡No, tremenda no! No quiero ser tremenda como la abuela. —Mis palabras son un susurro inaudible.

—¿Ari, me escuchas?, ¿cómo estáis vosotras?

—Bien, estamos bien. —Respondo sin convencimiento. La palabra "tremenda" golpea martillazos en mi cabeza. Un sentimiento de rechazo comienza a desbordarme, me enemista con todo lo que significa Mina.

—¿Te pasa algo?

—No, estamos bien, de verdad.

—Enciende tu móvil que ahora te llamo. Quiero hablar con la abuela. Un beso.

Decido ir a la playa de los militares. Camino con la toalla en el hombro, de la misma manera que hace años, aunque sin la alegría de entonces. Hago el recorrido sin darme cuenta. Me siento frente al mar pequeño, excesivamente calmado, que no parece mar. El agua es cálida y es verde, sin profundidad. Diviso la otra orilla de la ensenada, si entorno los ojos puedo tocarla con la mano. La isla Perdiguera se alcanza en unas brazas; no voy, es una isla sin misterio. Puedo imaginar que el pequeño islote tiene algún encanto, pero hoy tengo gastada la esperanza y la imaginación.

La arena está llena de niños y abuelos. Esta playa es así. De pequeños, mi hermano, Sofía y yo, veníamos con los abuelos. Los padres confían sus hijos a sus padres. No confío en la abuela. Un niño me entrega su pala, plantado delante de mí, cubito en mano. Le sonrío y le digo que juegue él, que rellene el cubo de arena, que haga un castillo, gigante, y que se esconda en él. Mi castillo es de barro y se deshace, no me sirve de nada. Reúno montones de arena mientras el niño trae agua. Hacemos un amasijo y el niño ríe. Modelamos una muralla y nos metemos dentro. El niño ríe más y se cae, yo me tiro sobre la muralla. Reímos a carcajadas envueltos en el barrizal. La risa del niño me engancha. Es generosa y sincera. Su madre se acerca. "Iván, !no molestes!". Levanto la cara hacia la joven madre, y me hago una visera con las manos sucias de barro. "¡Al contrario, estamos jugando!", le digo sentada. El niño se agarra a la mano de su madre y se van. Iván -el asombroso- mira hacia atrás y mueve la mano arriba y abajo. Yo también le digo adiós.

Cuando la abuela sale al jardín yo estoy leyendo. Se sienta a mi lado y se toma una pastilla. Hace malabares con el vaso, está a punto de derramar el agua. Le tiembla la mano como una batidora.

—¿Qué tal, Ari? ¿Qué lees?

—Rayuela.

—¿Es interesante?

—Sí.

—¿Vas a estar mucho tiempo enfadada?

Cierro el libro. ¿A qué coño viene eso ahora? —¡No estoy enfadada, abuela!

—Entonces, bien. ¿Quieres darme un abrazo?

Su halo desprende tibieza. Siento que está enferma. Le abrazo suave e intensamente, como a un bebé regordete. Posa la mano temblorosa sobre mi cara, con la otra se agarra fuerte al sillón de enea.

Amparo entra con una cajita de rosquillas fritas. Aplaudo la dulce sorpresa. Nos cuenta el habitual cotilleo vecinal. Ese rato simpático y banal ahuyenta el malestar de la abuela. La vecina se marcha y, con indolente ánimo, Mina toma la palabra: —El coronel me jodió.

No puedo cerrar la boca. Babeo como una idiota, con expresión muda, inmóvil, esperando más palabras que no llegan. Mina se toma su tiempo para no permitir que una sola lágrima abandone el charco salado que contiene en los ojos.

»Duli, le llamaban Duli, a la esposa del coronel. No sé de donde viene ese nombre, sólo sé que ella era de Cuba. Inválida, de las que están sentadas en silla de ruedas, ni siquiera movía las manos. Yo sólo la vi una vez. Me gustó. Era una buena mujer. Un accidente de coche la dejó así. Fue Francisco, él conducía, me dijo. Habían tenido una hija que murió degollada con los cristales del auto. Aún con esa desgracia, la mujer tenía buen temple. Fue cariñosa con Mabel cuando intentaba subirse a la silla con ella. ¡Mabel era preciosa!, creo que le recordaba a su niña muerta. Duli nos animó a visitarla otras veces. Nunca volvimos. Estaban solos, no tenían familia, pero ocurrió algo que ni la piedad pudo arreglar.

Esteban estaba trabajando un tiempo fuera de Madrid, creo que en la fábrica de Zaragoza. El coronel venía a vernos todas las tardes, y una de ellas nos llevó a su casa. También nos llevó de vuelta. Se quedó con nosotras hasta que acosté a tu madre. Dejé a Mabel en la cuna y, al apagar la luz de la habitación, él estaba de pie en la puerta. Me cogió por los brazos y me tumbó en mi cama. Allí me folló secamente, delante de mi hija, entre mis sábanas bordadas, donde Esteban y yo hacíamos el amor todas las noches».

El agua de sus ojos no se resume ni se detiene, tiende a buscar su lecho por las endebles arrugas del mapa del rostro de Mina. Con la cara mojada, rescata con los labios resecos la gota delatora de un llanto largo y silencioso.

Siento como se ahoga de dolor y traga el almizcle que el macho depositó en su útero sagrado. La secreción del cabrón que intoxicó su vientre con semen de cetona y que ella, sumisa sólo una vez, aceptó en su *pelvis*, para incitar un único *parto*, como si fuera un ideograma testigo escrito en la placenta de la última *tribu de los ladrones*. Sujeto, Objeto, Verbo. Un lenguaje primitivo.

—¡Abuela, te violó!

—Me jodió, me jodió la vida, me jodió el amor.

—¡Hijo de puta!

Mina coge el andador y me deja sola emitiendo barbaridades a grito pelado. Ella se acerca al arbusto espinoso de las rosas, blancas y rojas. Arranca los cálices secos con la mano temblorosa y se los guarda en el bolsillo, con la otra mano se apoya fuerte en el andador. Regresa hacia mí.

No espero una rosa,

ni siquiera de ti.

No me duelen las espinas,

puedo desbrozarlas

con las manos aunque sangre.

Nada calma el escozor de los pétalos

llorando su fragancia,

—¿Quieres que te ponga una palomita? —digo imbécilmente.

—No me atrevía a pedírtelo, no quiero que pienses que lo que te cuento es cosa de una vieja borracha de anís.

Sirvo dos vasos largos, con hielos que remuevo para que aparezcan las luminosas alas blancas y azules que suavizan el aroma del anisete. "Mañana tengo que comprar otra botella, ésta se queda temblando, como la abuela". No pregunto, no quiero que diga lo que no quiere. Espero.

»La misma noche que el abuelo regresó de Zaragoza fue la primera que no tuvimos sexo completo. Lo intenté, de verdad que lo intenté. Unas palabras salieron de mi boca y Esteban las ahogó con sus manos largas, delgadas, fuertes, suaves. También fue la primera vez que hicimos sexo sin penetración. Sabes qué quiero decir, ¿verdad? Una noche intensa y única en nuestras vidas. En nuestra cama, nos hicimos el amor hasta que Mabel lloró de hambre. La siguiente madrugada Esteban llegó ebrio a casa, tanto que no pudo ir a trabajar».

—¡Joder! —No digo más.

¿Qué puedo decirle? Soy incapaz de imaginar, incapaz de sentir su horror. Relleno los vasos con anís y vacío la botella. Arrojo el cristal contra el rosal, pero no se rompe. Deseo ver esparcidos por el suelo los añicos, tantos como tiene el corazón de mi abuela, y acumular, y recomponer los fragmentos que conforman bruscamente la realidad total. Deseos de matar al malnacido, pero ya murió el desgraciado.

Oscurece y temo que venga Johanna.

—Mina, ¿te apetece pizza para cenar? ¿Puedo decirle a Johanna que se marche ya?

—¡Sí, pídela de cuatro quesos!

Dejo a Mina con la crueldad de sus recuerdos. Yo también los siento, en las ansias de violencia con que mis ojos miran ahora el mundo. Mataría a los hijos de perra rabiosa que envilecen la esencia íntima, ancestral y mágica, de la madre. Un sueño envenenado habita en mi mente. La figura diabólica de un pene enorme saltando por los aires, desvaneciendo los cachos de su carne pútrida entre una nube negra enorme con forma de hongo; la fisión de núcleos atómicos mediante un bombardeo de esperma desecado, una reacción de liberadora muerte en cadena. Y despedazo la vida, y todo se acaba.

»Marina fue prematura. No porque ella tuviera prisa en venir a la vida, si no porque ya no soportaba llevarla en mi vientre. ¡Vive porque Dios lo quiere!, y no tuve fuerzas para luchar contra la voluntad divina. El coronel nos regaló una licencia de taxi cuando tu tía nació, otra cuando cumplió el año y otra más en el segundo cumpleaños. No pude evitar que conociera a su hija, tuvo los cojones de ir al hospital. Yo, a veces conseguía evitar a Francisco, pero Esteban tuvo que lidiar con él hasta que... (se detiene, recuerda con dolor), ¡hasta que el cabrón murió! No fui a su entierro. El abuelo, ¡mira si era bueno!, se encargó del funeral, incluso llevó a Duli de un lado a otro para las exequias. Mi vida se fue ensuciando y con mi asquerosa mancha empuje a tu abuelo, sin quererlo, a la bebida. Él quería ser bueno, pero yo no le dejé. ¡Me maldigo todos los días!»

—¡No digas eso, abuela! —Su culpabilidad me traspasaba la piel, arde y me quema como brasas candentes dentro de mis vísceras.

—Eres tú la que tienes que callar. Para bien o para mal, te he elegido como confidente y debes guardar mi pecado como secreto de confesión. Ningún cura, nadie, dispone de la gracia celestial necesaria. ¡Sólo Dios me perdonará, si quiere!

—¡Me quiero morir! Abuela, ¡yo no puedo llevar ese peso! ¿Por qué me haces esto? —Imploro su compasión, pero sé que no hay vuelta atrás. Lo dicho, dicho está. ¡Me cago en mis muertos!

–Ari, tu abuelo aún carga con mi pecado; no descansa en paz. Está en el purgatorio esperando a que yo confiese, tengo que contar la verdad o él no disfrutará de la gloria eterna.

—Creo que no es así. El abuelo era bueno y está en el cielo, si es que existe el cielo. En cualquier caso, él nunca te culpó, siguió a tu lado, ¿no?

—El cielo existe porque hay Dios, lo sé y así me lo enseñaron. Pero eso no importa ahora. Fue él quien se culpó por dejarme sola, por meter a ese hombre en nuestras vidas y por su cobardía por no haberle matado. Importa que tu abuelo se presenta ante mí, a su antojo y gracia, se muestra para que yo revele la verdad. ¡No quiere que yo también quede atrapada en el purgatorio!

—Ahora me pierdo, abuela. No entiendo...

—¡Que Esteban se me manifiesta! Es como un fantasma, herido y perdido, que necesita paz, y sólo la verdad puede dársela. ¡Por eso me caí por las escaleras, porque él estaba ahí en medio!

—No puedo creerte, abuela. Lo siento. No creo en esas cosas.

—Ari, más lo siento yo, no puedo hacer otra cosa. He decidido desembuchar. Contigo mantengo la distancia y la cercanía necesarias para hablar sin prudencia, sin recato alguno. No puedo meter a mis hijos en esto. No tengo el "Manual de Preparación para una Muerte Perfecta". Te necesito. Ahora quiero irme a la cama, ¿me ayudas?

¿Qué le ayude? ¡Ahora mismo la mataría a perdigonazos! Enciendo la linterna del móvil para ir hacia ella sin tropezar. No hay luna. No hay cielo ni tierra. Hay oscuridad.

Tengo la sangre contaminada. ¿Cuántos frutos de líquidos seminales corren por mis venas? Flujos secretos de la materia viva. ¿Cuántas violaciones aporta mi legado? Incontables, desde el instante en que la primera mujer es subyugada. No concilio el sueño. La lectura no me serena. A veces, leer es tan intenso que fastidia, inquieta y hiere. Hay que estar preparado.

Me molesta el ruido de las aspas del ventilador, me molestan los pensamientos, me molesta el pecado, me molesta la vida. Acudo a las migajas de la hierba tranquilizadora que guardo en un cajón de la mesita. Necesito comprar más, mañana buscaré al Rubio de Lo Romero. La vida es confusa. Desde este desasosiego en que me envuelve la noche, soy consciente de que a esta hora exactamente, planeo mi muerte. Todo vuelve a evocar extrañamente la noción del legado y, sinceramente, no lo acepto. Estoy podrida.

Quiero ver el fantasma de Esteban. Mina asegura que lo ha visto. El abuelo gustaba mucho del teatro. Interpretar era su chiste. Esta noche la función puede ser esperpéntica. Espero sentir esa presencia purificante que me verbalice ése mágico estado de espera beatificante y expiación. Tal vez necesite saber para el futuro, cercano o lejano, para no caer en la tentación, para no pecar mortalmente. "¡Esteban, ángel custodio, muéstrate! Tráeme la mansedumbre y la misericordia. ¡Llévate el mal, pasado, presente y futuro!". El abuelo no está. Me rindo y me duermo.

La abuela alarga la siesta. Me acerco a la habitación y fisgo por el espacio abierto que deja la puerta entornada. Aún está dormida. Veo a Mina y recuerdo esa frase pueril y vacía por la misma exageración de contenido que le inferimos: "la vida es bella". ¡Hasta que llega un cabrón y te la jode!, y de esos hay muchos.

Media hora más tarde, entra en el jardín del brazo de Johanna. Tiene la palabra dispuesta para cuando su boca saboree el último pedazo del pastel. No debiera tomar tanto dulce, pero Mina es golosa. No quiero privarla del placer de añadir azúcar a su cuerpo seco, tampoco dejo que lo haga Johanna y le pido que deje la bandeja de bocaditos de nata en la mesa -la ha traído Amparo-, aunque me riñe agrandando los ojos con asombro. Acompaño a la abuela en ese momento clímax de pinchar la glucosa en las mismísimas arterias, hasta donde puede el estómago, hasta reclinar las espaldas rendidas en los asientos que nos acogen con la satisfacción de haber llenado los huecos vacíos de nuestras vidas.

Escuchar es la más generosa de las virtudes. No entiendo por qué no es un mandamiento de Dios, para eso nos creó con oídos. Estoy dispuesta. Espero y espero. Nada. Ni una sola palabra.

—Abuela, ¿no quieres hablar esta tarde?

—Claro, Ari. Dame tiempo.

Cierro los ojos, como ella, y recuesto el alma.

»Marina creció con los mimos de todos, creo que en exceso, incluso por sus hermanos estuvo demasiado protegida. Era asustadiza y miedosa, lo es y será siempre. Eso no cambia con la edad. Hice de ella una mujer frágil, la dejé casarse con un hombre sin sustancia y ha parido una hija que no consigo hacer mía. El abuelo nunca la castigó, nunca le pegó, ni siquiera le dio una voz más alta que otra. Sólo la quiso, sin más.

Esteban se cobijó en la bebida y en mis brazos. Pero me dejó señales de su pasiva violencia. De día dormía y de noche se emborrachaba. Cuando enfermó gravemente, le dejaron marcharse del trabajo. Salimos adelante gracias a los malditos taxis. Había que llevar el recuento de la recaudación diaria, de los horarios de los trabajadores, pagar impuestos y me tuve que poner al frente de todo. Tu madre me ayudó. Mabel fue mi compañera en ese desfilar turbio de días muy difíciles de vivir. A ella le exigí demasiado; una niña convertida en madre, en confidente, en secretaria, en enfermera, incluso en amiga. No pudo ser sólo una hija.

Tu madre era inteligente y lista, muy lista -lo es-. Esteban iba decayendo y ella iba creciendo, hasta imponerse como figura alfa en la casa. Creo que el rechazo que tenía contra sí mismo, su vergüenza y su debilidad era lo que le hacía luchar contra tu madre. La castigaba a menudo, con cualquier pretexto. En ella depositaba su ira y su cobardía. En alguna ocasión sacó el cinturón; sabes de lo que te hablo. Y yo, ¡maldita sea!, callaba.

Una tarde desperté al abuelo porque un trabajador atropelló a una mujer con el coche. Fue muy grave, estaba en el hospital y podía perder la vida. Esteban estaba totalmente embriagado, sudaba alcohol, discutimos y Mabel se puso en medio. Le rompió el tabique nasal. De verdad, fue un accidente en aquel momento. Él empujó a Mabel, ella resbaló entre el aturdimiento de gritos y golpeó su cara con la mesa de mármol. Estuvo veinte días sin ir al colegio. Hoy no sé si puedo decir que fue un accidente. Aquel infortunio fue el final del declive de Esteban como hombre y como padre. Ya no pudo caer más, estaba viviendo en el infierno.

Mabel era fuerte, Esteban le tuvo respeto, incluso temor. Tu madre tenía quince años. En cuanto pudo salir de casa, me llevó a una clínica que había en la calle Alenza y, esa misma tarde, ingresamos al abuelo para desintoxicarle. Tu madre se hizo cargo de sus hermanos y yo del negocio. Esteban pasó varias etapas de su madurez en una unidad de psiquiatría. No estoy dispuesta a darte más detalles sucios, creo que es suficiente. Alex y

Marina apenas recuerdan aquellos tiempos, tu madre se encargó de ponerlos siempre a salvo; ella siempre les escondió de lo que no estaba oculto. Ahora sólo nos queda dignificar el recuerdo del abuelo y la consistencia de tu madre. Mabel le perdonó siempre y cada día, y yo también».

—¡Dame un respiro! —digo—. No es sudor lo que empapa mi cara, son chorros de sangre que salen de mis ojos. Palpo en el bolsillo y me reconforta encontrar una pequeña bolsa de hierba seca que he adquirido por la mañana. Con parsimonia lio un canuto ante la mirada curiosa de la abuela. Me dice que no está bien lo que hago, y sin acritud le digo que tampoco está bien liquidarse un vaso de anís cada tarde. No voy a andarme con tonterías. Ya no.

»El coronel murió a la semana de que su hija cumpliera los tres años. Un día, no me preguntes por qué, llevé a Marina a casa de Duli. Hubiera podido ser hija suya. Ese pensamiento me aliviaba. Imaginaba que yo simplemente la había parido por ella, la cuidaba por ella. Marina se asustó al verla y lloró sin consuelo en mis brazos. Intenté sentarla en su regazo, pero la niña se agarraba a mi cuello, con los labios morados y los ojos llenos de locura. Le asustaría la silla de ruedas. Ya te digo que era muy asustadiza, cualquier cosa podía causarle pavor. No le gustaba la gente, sólo quería estar con Mabel o conmigo. Su primer año de colegio, estuvo sentada en una silla al lado de su hermana; en el recreo se agarraba de su babi y no dejaba jugar a Mabel. Las monjas tuvieron tanta paciencia con ella porque Mabel era una de las mejores alumnas, o porque intuían nuestra desgraciada situación. Cada año, en el mes de mayo y hasta que Marina tuvo la menstruación, la llevé a visitar a Duli. Una vez que la naturaleza la hizo mujer, dejé que ella misma decidiera, y nunca más fuimos. Te aseguro que me dolió que Marina no quisiera volver, pero la chiquilla nunca le tuvo un mínimo de aprecio. Nunca le dio un beso».

—¡No sé qué decir, abuela! Creo que me llevará tiempo..., todo esto. ¡Es que me parece increíble!

—No quiero que digas nada. Sólo entiende que ni ella, ni nadie, salvo tú, saben que no es hija biológica del abuelo. Creí que esa verdad haría mucho daño. Esteban y yo la callamos. Pero si la verdad se esconde, aparece la tragedia. Puede que el momento de hablar llegue muy pronto, porque me ronda la muerte, tengo que dejar la vida resuelta. Estoy obligada.

—¡No digas eso, abuela!

—Ari, eres inteligente y con edad para que no tenga que explicarte las razones que me llevan a sincerarme contigo en estos momentos, ni convencerte de que estoy segura de que me está llegando la hora.

—Está bien. Sólo escucho, ya está.

—Hace algo más de un año, sobre marzo pasado, se puso en contacto conmigo una abogada, de un despacho especializado en herencias. Según esta abogada, Marina y yo somos herederas de una parte del patrimonio de Francisco y Duli. Ella murió hace cinco años.

—Perdona, abuela, pero me cuesta creerlo. ¡Vamos, que me da risa!

—Sí, sé que es difícil de creer, porque yo también he pasado por eso.

—¿No será una broma, una estafa, o algo por el estilo?

—También lo pensé y se lo dije a la abogada. Han venido a hablar conmigo en tres ocasiones. Por lo visto, es una herencia compleja, y además de los documentos que hay que aportar, será necesario una prueba de Adn de Marina. Me han enseñado una copia del testamento.

—¿Y cómo han llegado hasta ti?

—Dicen que fue la gestoría que administra la comunidad de vecinos del piso donde vivían, en la calle José Abascal. Al tercer año de impago de los gastos de comunidad salió todo a relucir.

—Abuela, esto se lo tienes que contar a tus hijos, principalmente a Marina, con todo lo que puede conllevar.

—¡Coño, ya te he dicho que lo haré cuando llegue el momento!, y ese momento lo decido yo —Mina hace un silencio y niega con la cabeza—. También he pensado en renunciar a esa herencia, dejar todo como está. Dudo si debo hacerlo o no, si tengo derecho a privar a Marina de lo que es suyo, de lo que le dejó su padre.

—¡Mina, su padre es el abuelo!

—Claro, Ari, pero no seas romántica; míralo con ojos prácticos, sobre todo, con los ojos de tu tía Marina.

—Lo siento, abuela, a mí esto se me escapa. ¿Quieres un anís?

—¡Es lo que mejor me sentaría ahora!

—¿Pido pizza o comida china?

—Lo que prefieras, me fío de ti. Dile a Johanna que ¡hasta mañana!

Voy a la vitrina de la cocina y cojo dos copitas de licor. Abro el precinto de la nueva botella de Marie Brizard, dejo las copas en su sitio y alargo la mano hacia dos vasos de tubo, ¡los vamos a necesitar! Coloco mi silla frente a la abuela, a cierta distancia, y aunque apenas nos vemos le digo que voy a encender el porro.

—¿Puedo probarlo? —Veo la mano de Mina que extiende en el aire, hacia mí. Creo que no es bueno, pero yo no decido.

—Si quieres, pero dale una calada muy muy pequeña, ¿de acuerdo? —Inspecciono cómo absorbe, despacio, con mimo—. ¡Eso es! Ahora lo guardamos.

Me acomodo en los cojines, dentro del sillón de mimbre. Mina contempla sus rosas o sopesa una verdad heroica o villana. El pellejo arrugado de sus brazos, su cuello, su cara, señales inequívocas de una vida mal vivida. Entorno los ojos y dirijo la pupila al contorno de los árboles, bajo rama a rama hasta la misma base del tronco, me induzco al misterio de su savia escondida. Está fresco, me rodeo de mucosa verde y ámbar, me recojo fetalmente y me acuno, me acaricio, me seduzco y brevemente me amo.

—¿Estás bien? —digo—. Puede que tenga fiebre, el cuerpo entero le tirita.

Entra Amparo y detrás Johanna con la bandeja para la merienda. Hablo con Amparo de la repentina tembladera de la abuela. Decidimos llamar al médico. Mina nos escucha y no pone resistencia, ella también quiere que la vea un doctor. Llamo a mi madre por teléfono; el médico de urgencias recomienda que le hagan pruebas mañana mismo, no sabe qué le ocurre, tiene palpitaciones. Deja una receta sobre la mesa. Amparo va a la farmacia.

He dormido entre horas, entre visiteos a la abuela y miradas al reloj. De madrugada he rescatado el móvil y lo he guardado en el bolso. La intranquilidad desasosiega mi sueño y no me atrevo a dormir profundamente. Aseo a la abuela y esperamos a que venga Amparo -insistió en llevarnos al hospital-, sentadas en el salón, y me pregunto ¿por qué ahora? La abuela ha empeorado ¿Qué he hecho mal? ¡Tantas cosas! La miro de reojo, la cabeza apoyada hacia atrás, los ojos cerrados, la boca medio abierta. No duerme. Soy culpable. Por la desgana de saber, por la avenencia con el anís y el cannabis, por el asentimiento de la incomprensión, por irreverente egoísmo. Mí conmigo.

Dejamos a Mina ingresada. Esta vez la habitación mira al mar. Amparo se ha ido y me ha dejado sola con la abuela. No me sale una palabra. Da igual, tampoco puedo mantener una conversación con ella, está en duermevela. Entran y se la llevan a hacerle más pruebas. Me mira asustada, no sé si como una niña pequeña que le arrancan de la mano de su madre o de terror al verme. ¿Cómo ha podido pasar? ¿Qué le voy a decir a mi madre?

¡Es tan grande el dolor que me deja inconsolable! ¡Maldita sea!

Ella me duele en el estómago, en las piernas inmóviles, en las manos agarrotadas. Me arrancaría el corazón si en él habitaran los sentimientos. Una alegoría que no cumple su misión didáctica de hacer visible un concepto, un aguijón metafísico y falso, una invención consoladora de la unidad (cuerpo y alma) cuyo objeto es no tenerla. Una necesidad histérica de divorcio se apodera de mi yo y mi cuerpo, ¡sea el quejido si me trae el consuelo!

Pido quedarme con unas pocas cenizas. Nadie me responde, supongo que asienten. Las guardo en una cajita de pendientes, como hice con las del abuelo. Sé que no están ahí, lo mismo no son parte suya o sí; pueden ser de madera de cedro, o de tela de hilo fino; un pedazo de sus pulmones, de sus vísceras o de su pelo. Tampoco me importa. Cuando las mire puedo sonreír si quiero y haré esa mueca predecible de que todo está bien. Podré continuar averiguando la vida, a veces demasiado histriónica para ser real, unificación de puntos y claves que conforman tanta materia confusa, la única certidumbre de esa necesidad que apenas comprendo, pero que no cesa, como la única y posible recompensa purificadora de mi ser.

Nadie se atreve a hablarme, me evitan de frente, me miran de lado. Camino junto a ellos y sé que observan las rosas blancas y rojas que dejo en el nicho; una señal entre amable e imperiosa cosida a las últimas tardes de verdad y vida con ella en el jardín. Tiene su gracia que hoy sea diecisiete de julio, "El abuelo está con nosotros". Hoy es san Esteban.

Es mi madre la que dice unas palabras cuando encajan la baldosa blanca, pesada y dura, que encierra la urna para siempre. El sonido de la muerte se persona. Cemento y pala. El llanto nos ahoga en un instante infinito que renombra por los siglos de los siglos, a la que ya no está; una madre que fue hija y así siempre, en un continuo principio sin fin. Siento que Mina ya me pertenece, está en mi sangre, en mis ojos, en mis ganas. La sacralidad aterradora de la muerte me convence. Mí conmigo.

No espero una rosa,

ni siquiera de ti.

No me duelen las espinas,

puedo desbrozarlas

con las manos aunque sangre.

Nada calma el escozor de los pétalos

llorando su fragancia,

ni siquiera tú.

La casa está llena de familia y, aun así, se nota su ausencia. Alex ha venido de Miami con su mujer Hanna. Mi tío no pudo ver a su madre viva, llegó para ver cerrar el ataúd. Alex pertenece al abuelo, como Jaime. Mi madre le mima como si fuera su hijo, "¡yo le crie!", dice cuando se le antoja hacerle caricias de bebé ante la envidiosa mirada de los demás. Cuatro días han bastado para que mi madre tenga una chispa especial en los ojos, cuatro días cada año mima a su hermano, su vástago surrealista. Alex, un alma pura atrapada en un cuerpo más o menos mecánico, un alma libre asfixiada por percepción inmediata de los hombres, la bondad cristalina determinada por las reglas de la conducta cotidiana. ¡Dios bendito! Alex se martiriza, intenta ordenar todos los conceptos y pensamientos confusos de la muerte de su madre, de algo que él sabe que se esconde, una pálida copia de vida. Mamá le cobija en su pecho y en su seno, es su hijo aún sin embarazo y sin parto. Tengo la sensación de que mi madre le debe algo, o eso cree ella.

Alex y Hanna regresan a América mañana. Una semana de vacaciones al año; tres días de avión y tren para ver a su familia. Así es la magia del capitalismo. Y mi madre se cabrea e insulta a los políticos grises y mediocres, a la avara y mísera economía de mercado y a la puta humanidad entera, porque le han separado de su hermano. Un desterrado más por el obtuso invento de una crisis económica (realmente es social) se marcha a trabajar para América. Y mi madre chilla y llora porque no consigue estar en armonía con la vida. Algo falla, algo falta.

Los días posteriores, vivo un infierno de desidia, amargura y culpa. Todo a la vez, ningún orden de prelación. Mientras mi madre y tía Marina reúnen papeles y estudian los cajones de la abuela, yo simplemente suplico al cielo ganas de hacer y alegría de vivir, que no llegan. Las tres profanamos la morada de la abuela, ladronzuelas de una vida oculta. Horror a que encuentren la verdad de la abuela. Yo me limito a estar en el jardín, como una planta más. Pero el jardín escuece como una quemadura intensa, necrótica. Me alimento y respiro con dificultad. Noto que mamá y tía Marina me exculpan y no me dicen nada para no herirme más, pero estoy podrida hasta el tuétano. No quiero saber cómo vivir los días venideros, ni los años, quiero saber cómo es la muerte y cuánto duele, si es que duele, o cuánto placer causa. La abuela tuvo miedo, eso lo vi.

Johanna ya no viene por las tardes, y por las mañanas anda de un rincón a otro de la casa sin saber qué hacer. Mamá le dice que simplemente se ocupe de repasar las habitaciones y los baños, que se ocupe de la comida. Se resigna porque suspira. A ratos reza cuando cacharrea, cuando pela patatas o tiende la ropa al sol. Yo le oigo bajito: "Santa María madre de Dios ruega por nosotros pecadores ahora y en la hora de nuestra muerte amén"; todo seguido, a ritmo de galope constante. Será la incertidumbre. Coincidimos de frente, veo el reproche y la pena en sus ojos, sé que es por mí y no puedo sostenerle la mirada. La culpa es una vergüenza que no me deja erguir la frente, una joroba podre y torcida; una cuasimodo, una monstrua de jaula de feriante. Ni eso merezco.

Mi madre y tía Marina se van a Cartagena. Una copia escrita de la herencia de la abuela en el asiento trasero del coche, junto al bolso de mi madre. Acaso no saben del legado inmaterial, ése es más sorprendente. Me quedo en el jardín, el hecho de conocer ya es parte de mí. No voy a decir lo que es de lo que es y lo que no es de lo que no es, verdad aristotélica inválida para esta circunstancia. Las palabras de Tomás de Aquino son más reveladoras, entendiendo la verdad como la relación entre el entendimiento y la cosa; si no existe concordancia, hay falsedad. Sea. Llegado el momento la única proposición certera es la existencia efectiva de algo en el plano concreto de los hechos: el testamento de la abuela. Espero, escéptica. Imagino la cara de pasmo de mi tía y de mi madre. Su descubrimiento me trae inquietud.

Vuelco la bolsita de marihuana por el váter y algunas pizcas flotan en el agua, como restos de la suciedad que vació su boca; macabros despojos, residuos de una huella irracional o la teoría de los continuos virus que emponzoñan mi legado; vestigios más grandes que la misma vida. Mi culpa, mi grandísima culpa, transfinita culpa, ordinal o cardinal, da igual; no venial.

Llamo por teléfono a Germán. La llamada perdida aparecerá en la pantalla de su móvil. Se me está olvidando. No recuerdo su rostro, sólo su abrazo sereno, su olor apacible de hogar. ¿Dónde estás, amor mío, que no me respondes?

Extraño a la abuela y me amparo en la lectura. La casa de Mina no es Donnafugatta. Ella se resistió estoicamente a sus propios principios y se atrincheró en el convencionalismo, se exculpó en el confesionario de su matrimonio. El arribismo le pudo. Cambió amor por dinero y posición, y dio a luz una nueva dinastía, con el aquiescente silencio del abuelo. Tal vez ella le volvió loco, tal vez le embriagó, tal vez ella le mató.

La hora de comer se me ha echado encima. Ellas siguen en Cartagena, comen allí y se consuelan.

—Ya te contaremos —dice mi madre, por teléfono.

—¡Mamá, ven pronto! —digo.

Sola a la mesa, delante de un vanidoso sándwich mixto con ensalada, la tristeza de mi soledad es enorme. Tomo conciencia de estar sola, sentirme sola, vivir sola en un mundo interior que se me hace extraño y fantasmagórico. Y no lo puedo compartir, o no sé, o no debo. Un instante de locura hace que me levante a por la botella de Marie Brizard. Automáticamente cojo dos copas de la vitrina y sirvo el anís: "¡En tu memoria, abuela!". Me arrojo los dos tragos a la boca, mi laringe arde, mi estómago se escuece, inhalo aire limpio y exhalo el pegajoso alcohol que dibuja el perfil de Mina sentada en el jardín, en la antigua oscuridad de una noche sin luna, repleta de palabras violadas, de inhóspitos remordimientos en la memoria trasnochada de una vida penosamente vivida.

Acaban de entrar, las miro y no reconozco a tía Marina, tan desfigurado tiene el rostro, añejo, gris, dolorido. Mamá tiene la mirada alarmada y se mueve nerviosa de un lado a otro de la cocina; finalmente se sirve un vaso de agua fría. Lo bebe sin respirar y me pide un cigarro. —Sé que fumas —me dice, desganada, sin pizca de reproche—. Tía Marina se ha ido a la cama, acompañada de un orfidal y pañuelos de papel. Mi madre se sienta y me invita con un par de palmadas en la mesa. Enciendo un cigarro sin darme importancia. —Vamos a hablar –dice; apoya la espalda en la silla, echa la cabeza hacia atrás y respira largo profundo para coger fuerzas. Mi madre habla pausada, soltando frases a tandas, como golpes de hipo. Resume pedagógicamente lo que ya sé. No demuestro asombro, ella supone que sé. Sé lo que mi mente ha construido, lo que no se dice porque la imaginación es traviesa, trágica y ridícula. Que cada cual haga las ecuaciones que considere su razón, el resultado es el mismo.

Por fin recibo la llamada de Germán. Le quiero porque es ajeno. Él pertenece a otra vida, a la mía, sólo a la mía. No hablo con él de verdades o mentiras. Gozo de presente y de futuro. Puede que él sea parte de mi futuro. O no.

Tía Marina no habla desde que se ha levantado. Sigue con el pelo revuelto y el olor a sábanas lloradas que entristecen su apagada aurea. Ha perdido esa chispa vital tan suya. Ahora es otra, ha de encontrarse y no sabe cómo empezar a buscar; el dónde se lo han mostrado esta mañana. Pongo música y preparo unos mojitos, las tres necesitamos el ánimo que nos empuje a enfrentar la noche sin exagerar los miedos de la oscuridad.

—Lo que más me preocupa es cómo decírselo a mi hija. ¿Qué pensará Sofía? —dice Marina. El regusto del cóctel hace que pasee la lengua por los labios. —Oye, ¡está riquísimo!

—Piense lo que piense, dependerá mucho de ti, de cómo te manifiestes ante todo este... Si Sofía ve que tú estás bien, ella también lo estará —dice mi madre.

—¡Cómo va a cambiar mi vida? De verdad que no sé cómo me afectará, me parece que estoy soñando, que nada de esto es verdad. No lo acepto, no lo acepto—. Marina acaba de un trago largo el mojito, quiere mantenerse entera pero se derrumba en los brazos de mi madre. –¡Me voy a volver loca, me voy a volver loca!

—Tranquila, tranquila. No tengas miedo, yo estoy contigo. —Mi madre acuna a su hermana como cuando eran niñas, como me contó la abuela: "Tranquila, bonita, tranquila, no tengas miedo, yo estoy aquí". Las dejo envueltas en ese abrazo del pasado y del presente, el abrazo generoso y apacible que mi madre regala para quitar las penas. Sólo ella consigue darnos la calma, como una gran madre acogedora e infinita. Yo sé cómo son sus abrazos, cómo desalojan los miedos, cómo te inundan de paz; tanto que no quieres desprenderte de ella, en ella estás segura, en ella lo demás no importa.

Tía Marina se desata como empujada por un resorte. —¡Y si guardamos esto en secreto! ¡No decimos nada, no ha pasado nada porque nadie, salvo nosotras tres, sabe nada! —. Su mirada acorralada contra las nuestras. Yo sigo muda. Mi madre se levanta y pasea por el jardín. Los ojos de mi tía me interrogan, esperan ansiosos, con una necesidad de vida o muerte. Mis hombros se encogen ante la inhabilidad para pensar, para decir.

—No podemos hacer eso, Marina. ¡Tienes que decir la verdad, no puedes vivir con ese infierno dentro, te destrozará, y a nosotras contigo! —Mi madre se sienta y derrotada acaba su vaso de ron, gaseosa y lima. La transparencia azucarada del vaso sostiene la menta húmeda y borracha, pegada al vidrio como un tatuaje simbólico, retorcida.

—¡Por Dios, Mabel, es la solución! ¿No ves?, ¡es perfecto! —dice Marina, embriagada por su idea envenenada.

—Marina, cariño, yo lo podría sobrellevar, pero no puedo hacer que Ari cargue toda su vida con tu secreto, es demasiado pesado, ¡no! —Mi madre habla rotunda, sin mirarme, encarada con su hermana, doliente por decir ¡no!

—¡No me hagas esto! —Tía Marina esconde la cara entre las manos. Suplicante insiste—. ¡Te lo imploro! Necesito que guardemos el secreto. Ari es fuerte, Sofía débil.

—Mamá, puedo cargar con ello —digo—. Lo sé desde hace un tiempo, la abuela descargó en mí la verdad, no en vosotras.

—¡No y no! La abuela mintió y te cargó a ti con su pecado. ¡No vamos a seguir con su mentira! —dice mi madre.

—Me vas a arruinar la vida, Mabel. Tú que siempre has cuidado de mí, ahora me dejas sola ante los leones –dice tía Marina.

—¿Pero tú te oyes? ¡Tu marido y tu hija no son los leones! —dice mi madre.

—¡Ya lo sé! Los leones son mis días, sintiéndome una extraña, siendo alguien que no conozco, que no quiero —dice tía Marina.

—¡Maldita seas, mamá! —grita mi madre mirando al cielo.

¿Estará Mina en el cielo? Muy posiblemente no. Deberá purgar antes todo el daño que ha hecho a sus hijos, a su marido, que yo conozca. Ya no estoy segura de nada ni de nadie, sólo de mi madre. Ella es segura, ella me da calma. La conversación se detiene. Mamá se da una ducha y yo la espero sentada en su cama.

—¿Estás bien, mamá?

—No, la verdad es que no. Mi hermana sufre y no tengo la solución. Pero prefiero que llore ella a que lo hagas tú.

—Puedo hacerlo, mamá. Sé que puedo guardar el secreto durante toda mi vida, llevármelo a la tumba, cosa que no hizo la abuela. Confía en mí. Sólo soy testigo de un pecado. Puedo hacerlo.

Me besa en la frente, me acaricia, me abraza, me quiere.

Salimos de la habitación agarradas por la cintura. Pasamos delante del dormitorio de tía Marina. Está haciendo la maleta.

—¿Qué haces? —dice mi madre—¿A dónde vas?

—No sé a dónde voy —dice tía Marina— No creo que te importe. Crees que salvas a tu hija y matas a tu hermana.

—Marina, ¡por Dios!, no digas más tonterías –dice mi madre.

—Me gustaría tener tu seguridad o la fortaleza de Ari, pero yo soy distinta, no sé quién coño soy, pero soy diferente. ¡Tendré que vivir con ello! —A tía Marina siempre le ha gustado el dramatismo.

—Vamos, Marina, ¡estás desvariando! Decir la verdad, te hará vivir con confianza, con tranquilidad —dice mi madre.

—¡Tranquilidad, la tuya! —dice tía Marina.

—Vamos, deja la maleta, cenamos y damos un repaso a este asunto, pero con calma, razonando —dice mi madre, que abraza a su hermana y la llena de besos como a una niña pequeña.

Las mujeres de esta familia ya tenemos nuestro oscuro secreto. En realidad, yo sólo debo guardar y callar, la malhechora es Marina. Creo que esta complicidad me hace adulta de golpe y me exime de anteponer "tía" a su nombre. Aunque me juzgarán por cómplice, estoy segura de que puedo vivir con ello. Comienzo otra etapa de mi vida.

—¡Si este jardín hablara! —digo. Es mi tercera copa y noto la lengua suelta, con ganas de hablar y no parar. Miro hacia el rosal, pero no distingo el color de las rosas, sólo un bulto enorme y negro cercano a la valla. Marina lleva dentro cinco mojitos, a mamá no le he echado la cuenta. Estamos abiertas de mente y piernas, tiradas sobre el césped panza arriba, como tres crucificadas de una calcomanía, encima de las toallas.

—¡Pues mejor que se quede callado! Yo sólo admito alegrías y bromas, el cupo de los negros secretos y penas ya está cubierto — Mamá ríe y veo cómo su barriga sube y baja. Marina se incorpora y se une a las carcajadas—. ¡No más secretos por hoy!

—No habrá hormigas, ni otros bichos por el estilo, ¿verdad? —dice Marina.

—De noche, el cielo lleno de estrellas, me hace pensar dónde está Dios. Me da paz y me da sosiego, y me conformo con adivinar la Osa menor, Casiopea, y otras constelaciones de las que no sé su nombre. Soy pequeña pero poderosa; ¡ésa es la sensación! —digo.

—¡Chicas! —Marina reclama nuestra atención—. Quiero agradeceros de verdad, de verdad y de verdad, que estéis a mi lado en este..., lo que sea, que me iba a llevar a la perdición.

—¡No sabemos de qué hablas, y así será hasta el día de nuestra muerte! —dice mamá.

—Amén —digo.

—Bien, bien. Démonos un abrazo para sellar este pacto —dice Marina.

Me despiertan. Es mamá, que me envía a la cama. Hemos dormido la borrachera al raso del cuarto creciente, destapadas y juntas, muy juntas. Marina se levanta del suelo con dificultad y se abraza a sí misma para abrigarse. Las sábanas me acogen cálidas y me duermen en su blanco seno.

Creo que, en sueños, he visto al abuelo entre las estrellas del jardín, luego se ha quedado al pie de mi cama. Me despierto con unos versos de Cummings en la boca:

La cara de Dios, más brillante que una cuchara,

acoge la imagen de una palabra fatal,

y así mi vida -que gustaba del sol y la luna-

se parece a algo que no ha sucedido.

***

Han pasado tres años desde que enterramos a Mina. Estoy frente al nicho que esconde lo que vi de ella, mi sangre guarda lo que fue. Dejo las simbólicas rosas blancas y rojas al pie de la loseta de mármol pulido, mi madre me acompaña. No lloro y digo amén a las oraciones que ella reza entre susurros. Ella cree en Dios; yo, sinceramente, no me lo planteo.

Apenas he visto a Marina; por navidades y poco más. Sé que mi madre y ella han estado juntas, ocupadas con temas de la herencia del coronel y su esposa, supongo. No quiero saber y no pregunto.

Germán se va. Le veo achicarse por el paseo que lleva hasta el tren. Es un hombre convencido de que una parte de la naturaleza le pertenece, con una certeza absoluta sobre lo minúsculo, por eso no se preocupa demasiado por las cosas grandes del mundo, que para él no tienen arreglo. Él quiere ser un hombre normal, en el sentido corriente y vulgar del término. Germán me pertenece a mí en lo que dura hacer un grado universitario. Hoy nos despedimos en el mismo campus donde, casi exclusivamente, transcurre nuestra connivencia. Es un adiós agradable. No hay engaño, no hay ofensa, no hay desamor. Será buen hombre y buen padre. Encuentra el desafío de su futuro en la escuela de su pueblo, con una mujer cómplice y unos hijos que colmen sus carencias. Si él lo desea, yo le animo a que lo encuentre. Lo conseguirá.

Para mí el futuro no tiene imagen, sólo tiempo, y eso no lo puedo imaginar. No me preocupa el qué será, sí el cuándo. Mí conmigo.

Son aburridos esos días de tiempo muerto de principios de verano, desde que terminas el último examen hasta que comienza la acción veraniega. El cambio de lugar lo envuelve todo; otro ambiente, otra gente, otras pequeñas cosas, otro humor; todo parece alegre por inhabitual, por la consciente temporalidad que supone ese tiempo de vida intranscendente.

—¡No, mamá! No me voy a matricular en ningún máster —digo.

—Pues a ver qué haces el curso que viene —dice mi madre.

—No lo sé, no he pensado en nada, aún.

—Está bien, te damos los dos meses de verano para que pongas en orden tus ideas, si es que las tienes, y decidas qué quieres hacer. ¡Sopa boba no, ni de coña!

—Sabes que tengo ideas, y la mente perfectamente ordenada, sé lo que no quiero. Por ahora, es suficiente.

—De acuerdo. Haz lo que quieras durante el verano, pero en septiembre, justifícame lo que vas a hacer a partir de entonces. ¡Tema zanjado!

Verdaderamente mi madre es cariñosa, pero ese ramalazo taxativo y frontal puede ser muy doliente. Llegadas a este punto, las dos evitamos cualquier otro enfrentamiento que derive en una guerra de genios e ingenios. Me toca pensar en mí y lo haré.

No tengo planes de verano, no tengo planes de nada. A duras penas estoy. Soy, y no es suficiente. Paso las mañanas en la tienda de flores de mi madre; ella entra y sale o realiza proyectos para algún importante cliente. Yo me quedo en la floristería y atiendo a las mujeres, a ellas les gustan las flores, ellas adornan sus bodas, sus nacimientos y muertes; los hombres hacen los encargos por teléfono o internet. Las flores pueden ser un lujo, las disfrutan una clase de gente, ni mejor ni peor, con dinero y poder para gastarlo en un placer exquisito y efímero. Los pobres se conforman con mirar y oler el campo, lo que la naturaleza deja a su alcance. La belleza es contemplativa, no adquisitiva. Mi madre regresa a la hora de cierre. La dependienta ya se ha marchado. Le entrego el registro de llamadas y encargos, los revisa y telefonea a un cliente.

De regreso a casa, en el coche, me dice que mañana la acompañe a una visita. La sugerencia de un cambio de actividad me hace sentir una ligera alegría. La mañana de mañana será distinta.

Llegamos a una villa a las afueras de Madrid. Me quedo loca por la belleza, la elegancia y el bienestar que regala su jardín. ¡Lo ha diseñado mi madre! Casi lloro cuando la contemplo moverse entre arbustos de hojas aromáticas de todos los tamaños y formas, colonias de flores azules y rojas que salpican un comedor de verano, paredes de jardines verticales separando ambientes y las fragancias de flores y frutas en las estancias del porche. El impacto visual es de serenidad absoluta, de paz alegre y eterna. No sé describir lo que siento cuando miro la obra de mi madre, es una artista que compone belleza viva. También me provoca tristeza por su pequeña temporalidad y se lo digo:

—¡Qué pena, mamá, todo esto se morirá en poco tiempo!

—Espero que dure bastante más de lo que crees, ese es mi trabajo; aunque claro que morirá, como todo. No dejo que la muerte se acerque demasiado a mi obra, la vigilo constantemente con nuevos nacimientos. Injerto progresivamente para que siempre esté viva.

—¡Me encanta tu trabajo!

—¡Gracias!, a mí también.

—¡Y a mí! —Dice un hombre joven que, con las manos en los bolsillos, irrumpe en nuestra conversación y nuestro espacio.

—¡Hola Emilio, buenos días!, te presento a mi hija, Ari.

Me tiende la mano. Yo me quedo con la mejilla ladeada esperando el saludo con un beso. Mi torpeza sube el color a mi rostro, acompañado de un súbito calor, como un sofoco menopaúsico. Le doy la mano y miro sus ojos, me intimida. Mi madre recupera una conversación de protocolo que dura poco. No lo vuelvo a ver hasta que nos despedimos.

De vuelta, acribillo a mi madre a preguntas sobre ese Emilio. Me informa que estudia medicina, que es hijo único, huérfano de madre y que su padre se dedica a la diplomacia. Me sabe a poco.

—Te ha gustado Emilio, ¿eh? —Mamá no aparta la mirada de la carretera, pero sonríe cuando me pregunta.

—No sé si tanto como gustar... Creo que simplemente me intriga o no, sólo es curiosidad. —Pienso en él durante el camino a la floristería.

Me gustan las flores, pero la tienda me encierra en una atmósfera húmeda y oscura; silenciosa, expuesta al paso de una calle llena de gentío que mira y se va o posa la cara contra el cristal. Cada vez que la puerta se abre suena la campanilla, me levanto de la silla, aparco la lectura y manifiesto al cliente una alegría que no tengo. A la hora de comer propongo a mi madre que me traslade al vivero.

—Pues tendrás que madrugar más —me dice.

Si he de trabajar, que sea en algo más agradable, pienso.

A las ocho de la mañana entro por la cancela del vivero. El *Manavai;* un nombre que, bonito o no, se lo puso mi madre y nos explicó su significado cuando abrió el negocio, lo recuerdo, aunque entonces no le presté atención. A veces ocurre con lo que dicen las madres. Los hijos no escuchamos, no atendemos. No sé qué magia tiene la voz de una madre, debe ser su continuo machaqueo, porque hay cosas que se nos quedan grabadas para el resto de nuestra vida. Y lo mejor, al cabo de unos años empezamos a repetir sus mismas palabras con sus mismas intenciones ¡Lo flipo!

Ari, te recojo sobre las tres. —dice mi madre y se despide.

Paseo entre filas de plantas dentro del invernadero. Al rato, necesito hacer consciente mi respiración, me marea la falta de oxígeno. La música de fondo adormece suavemente. Pienso que un lugar así es idóneo para morir tranquilamente. Trabajan callados, revisando riegos, cargando macetas, limpiando parterres. Abandono los semilleros y me abro camino al aire limpio, reconociendo la pequeña parcela. Todo ha cambiado o yo lo recuerdo más grande y menos tupido. Olivos y frutales ordenados linealmente hasta el muro flanqueado por unas cuantas palmeras cabezonas, de ramas secas y caídas, pegadas a su tronco, alto y cimbreante. Creo que mañana me traeré algo para leer.

Dan las tres de la tarde y mamá no aparece. Los empleados se marchan y yo espero apoyada en la cancela. Me canso de esperar y la llamo con el móvil "¡ocho por cien de batería! No responde a mis llamadas. Sin nada que hacer, me resigno y me siento de nuevo en la mesa de la recepción. Ojeo revistas de jardinería. De cuando en cuando, con el rabillo del ojo, observo la pantalla del móvil. ¡De repente caigo! Jaime llegaba de su curso de inglés en Londres. Mamá ha ido a buscarle al aeropuerto y el avión se habrá retrasado.

Me quedo sin batería. Empiezo a tener hambre, sueño y me reclino en la silla. Cierro los ojos, no hay absoluto silencio. Suena el agua, suenan las plantas, suena la tierra. ¡Joder, suena el teléfono! Es el fijo del vivero, a la izquierda de la caja registradora y del ordenador. A esta hora nadie llama para hacer un encargo. Está cerrado, es hora de siesta. El sonido insistente del teléfono me retrotrae un instante de hace casi tres años. Entonces era papá quien llamaba, la abuela, La Ribera, la muerte.

—¿Diga? —Mi voz apenas suena, asustada por los recuerdos.

—Ari, voy a buscarte yo. Tardo media hora. ¿Puedes esperar cariño? —¡Es mi padre! La incredulidad de la casualidad asusta al propio miedo.

—Claro, papá. ¿Qué puedo hacer sino esperar?

—Bien, bien. Tranquila que voy.

Cuelgo la llamada porque papá hace unos instantes que ya no está al teléfono. Inconscientemente repito un gesto antes pensado y ya ocurrido. Sé que algo ha pasado y sé que no es bueno.

Las ruedas de un coche en el exterior me distraen de imágenes ingratas que me golpean el corazón rítmicamente, el pecho se infla y se desinfla, como golpes de primeros auxilios. Mi padre entra y me salva la vida. Respiro. Pero él se lanza hacia mí y me aprieta contra él, sé que es un abrazo de amor, pero me estruja hasta el esternón y me duele.

—¡Papá!, ¡que me haces daño! —digo. Intento separarlo de mí y hago fuerza.

—Ari, Ari, Ari.

—¿Qué pasa? ¡Papá, qué pasa!

—Están en el hospital. Mamá y Jaime han tenido un accidente. ¡Horrible, es horrible!

De camino al hospital dejo que papá cuente lo que sabe, aunque dice poco. Un camión se les echó encima. Aplastó el coche contra el muro de la mediana. Llegamos al Hospital de La Zarzuela. Papá desconecta el motor y saca la llave. Salgo, cierro mi puerta y espero que papá salga. Se queda unos momentos dentro, con las manos apoyadas en el volante y la cabeza apoyada sobre las manos. Me parte el corazón verle ahí. Yo también sufro, ¡quiero ver a mi madre y a mi hermano! Desde el cristal veo que llora y llora. Aguanto su dolor y el mío. Si fumara me echaría un cigarrillo, pero eso ya acabó. Fumar mata, fumando maté a mi abuela. Sé que es una idea pueril y sin fundamento, pero alguna vez lo he pensado.

Hoy he agotado el cupo de paciencia. No espero más. Me asomo a la ventanilla del coche y golpeo el cristal. Llamo su atención y abro la puerta.

—¡Vamos, papá, sal del coche, por favor!

Muy lento cierra con el mando, se da la vuelta hacia mí y no parece mi padre. Su rostro, desfigurado, dibuja un extraño *mandala* que nace de su boca: —Jaime ha muerto.

Me siento en el mismo suelo del parking porque sé que me caigo. Papá delante de mí, va y viene dando vueltas alrededor. Yo, sentada, como una reina salvaje y antigua, imploro al cielo y señalo a Dios por su injusticia. Papá me recoge, nos abrazamos y lloramos todo lo que podemos, por lo que conocemos y lo que no, por lo que no tenemos y esta misma mañana fue nuestro. Nos limpiamos las penas el uno al otro y subimos al lugar donde mi madre batalla por vivir, seguramente.

De pie, al lado de la sala de cristales que contiene a mi madre atada a esta vida, el cirujano nos habla de su estado: — "No podemos hacer nada más. Lo siento. Ya no está en nuestras manos". Paso la noche junto a mi padre. Ninguno lloramos. Yo rezo y rezo. Todas las oraciones que recuerdo salen de mi memoria. Una vez y otra, reclamo ayuda al universo, a todos mis muertos, los del cielo y los del infierno.

Marina está a nuestro lado. Es impecable. Se hace cargo de nuestra pena y guarda la suya. Ella nos trae y nos lleva, nos da de comer y nos pone ropa limpia. Papá y yo vivimos en el hospital. Cinco días y cinco noches de incertidumbre. Un descanso para incinerar a Jaime. Mi prima Sofía dice unas palabras en la misa. Ella también llora. Todos llevamos la pena.

Marina recoge las cenizas de mi hermano y las lleva a nuestra casa, a su habitación. —La casa asume su falta, —dice.

Alex no llega a tiempo. Le digo que no importa. El tiempo es un árbitro exigente, no deja alterar las líneas del juego. Llama cada hora y no dice nada. El silencio, al otro lado del teléfono, al otro lado del océano, lo dice todo. Cojo el móvil cuando su nombre aparece en la pantalla. Todas las veces que llama, descuelgo, oigo su dolor, el llanto que le ahoga hasta que cuelga. Imagino su desconsuelo como el mío. Él también es su hijo. Sé que mamá siente por Alex una devoción divina. Él lo merece.

Otra vez solos, papá y yo. Mis tíos se han marchado. Me acostumbro a vivir en el hospital; incluso cuando salgo, me siento desnuda. Dentro, todo vale. Todos los sentimientos están permitidos; una sensación que agradezco.

La ceremonia por Jaime me deja exigua. La mente vacía de pensamientos, el cuerpo sin emociones. Noto como el sueño viene a mí. Sin querer me duermo.

«¡Exijo a Dios la vida de mi madre! ¿Dónde estás Dios? ¿Por qué lo haces? Ella cree en ti y tú la abandonas. ¡Eres un dios cobarde! ¡No te voy a perdonar nunca! ¡Eres el dios de los infiernos! Deja a mi madre en paz, conmigo, yo la cuidaré. ¡Demuéstrame lo poderoso que eres y no le quites la vida! ¡No le quites la vida!»

—¡Ari, Ari. —Alguien me bambolea y llama. Abro los ojos con la cara arrugada, asustada, como si saliera de mi tumba. Es mi padre que me despierta. —Estás gritando, hija. ¿Un mal sueño?

—¡El peor de todos!

La tribulación aparece cuando menos lo esperas. O está ahí desde siempre. El silencio que provoca la no respuesta es desolador. Misterio onírico de la naturaleza que usa la mente humana para seguir adelante. Identifico dolor y vida. A eso he llegado. La enfermedad, que es natural al hombre, y la lágrima, y luego la muerte, la que nos une de nuevo a la vida.

Por eso blasfemo, incluso en sueños, porque no tengo respuestas.

Marina viene todas las tardes. Mamá pregunta por ella cuando se retrasa, pero su hermana no le falla.

—¡Qué guapa estás hoy Mabel! ¿Has ido a la peluquería? —dice Marina.

—¡Ay, mi niña bonita! —dice mamá. —Morena de ojos grises, ¡qué ganas de juerga tienes!

—Pues sí, ve espabilando que estamos en verano. ¡La Ribera nos espera con unos chupitos de anís! —dice Marina. Es el ama. Mueve de sitio el sillón, la mesita, peina y repeina a mi madre, la asea y la perfuma, ¡incluso limpia el inodoro! Todo sin parar de hablar. Charlatanería extrema que agota.

Mamá ríe con ella, aunque el anís traiga recuerdos amargos y llenos de dolor. No es su culpa, supongo. Aun así, volvería a vivir aquella noche espantosa. Luna de cuarto menguante.

Marina se va y llega la calma. Mamá descansa. Yo recupero el pulso.

A las doce de la mañana, una ambulancia lleva a mi madre a nuestra casa. Más de un mes secuestrada en una camilla de un metro de ancho, entre cables y aparatos de hospital, mamá decide que quiere morir en su cama.

—Esto no tiene sentido. Perdóneme, pero no puedo dar el alta a su esposa. Todavía está muy grave —dice el médico.

—Usted me ha dicho que se ha estabilizado —dice papá.

—Sí, sus constantes son más o menos estables. Ya le dije que tiene daños muy graves en sus órganos internos. Los cuidados que precisa son similares a los oncológicos. Necesita oxigenoterapia con revisión frecuente de niveles, administración de antibióticos y opiáceos... Sinceramente, nuestra opinión es que su esposa tiene una esperanza de vida muy corta.

—Eso lo sabemos. Ella quiere morir en su casa. Es razonable ¿no?

—Son ustedes los que deciden. Mi recomendación es que la deje hospitalizada. En cualquier momento puede ocurrir algo inesperado.

—¿Más inesperado que la muerte? A esa, ya la esperamos desde hace tiempo.

El médico calla. Guarda las manos en la bata azul. —De acuerdo. Voy a organizar el alta y el traslado.

—Gracias.

Mamá tiene la función renal al límite, insuficiencia respiratoria por traumatismo pulmonar, el hígado dañado, algunas fracturas costales a medio curar, aunque leves, y mucho más. Y a pesar de todo, posa en la camilla como una auténtica estrella televisiva. Su sonrisa nos hace felices.

En el salón hay gente continuamente, entran y salen de la habitación de mis padres y a veces se atascan en el pasillo.

—¡Esto no puede ser! —grita mi padre—, ¡se acabó, todo el mundo fuera!

Uno a uno, los visitantes van saliendo por la puerta. Besos y condolencias se quedan en las paredes del recibidor. Papá alarga la mano y, como un jefe de estado que repasa a la tropa, todos se despiden con un apretón más o menos fuerte, según su estado natural. A Marisa y a mí nos da órdenes expresas de no dejar entrar a una sola visita.

—Cualquiera que venga o llame, lo remitís a mí. ¿Entendido?

—Señor, ¿y si es su cuñada Marina? —dice Marisa.

—Marisa, aunque pusiera dos guardias civiles en la puerta de la casa, nadie impedirá que Marina entre.

Sonreímos los tres. Es agradable reír. Calma el alma.

Mi madre se queda sin vida por momentos. Cada vez que entro en la habitación su luz es más tenue. Ella resiste. Hablamos de Jaime con la naturalidad del que está vivo. Imaginamos que sigue en Londres, vivo pero distante; que no llama porque no tiene batería o anda de juerga con los amigos. Se fue solo, pero tendrá su grupito de colegas. Habrá hecho panda. Él es así; simpático y dicharachero, extrovertido y amable, carismático como el abuelo. Teatrero. La mujer más guapa, más alta, más rubia o morena, cae rendida ante sus ojos negros y su sonrisa enorme. Ahora está ausente, simplemente eso.

Para mamá es suficiente. Para mí, no. Su nombre evoca su imagen, su cuerpo espigado, joven y fuerte. Mi hermano se aleja en la playa, camina despacio, firme, sus pasos acarician la arena dura, se vuelve, desde muy lejos, levanta la mano y me dice adiós. Una vez y otra, pero no acaba de despedirse.

—¿Ari?

—Dime, mamá.

—¿Tienes hueco para otro oscuro secreto?

—"¿Cómo?", pienso, pero digo: —Claro, dime lo que quieras ¡Me lo llevaré a la tumba!

Ríe con dificultad. ¡A veces tengo la gracia en el culo!

—Yo también tengo una muerta sobre las espaldas.

¿Y me lo dice, así? ¡Será una broma!, aunque dudo que mamá bromee a las puertas de la muerte. De nuevo, callo y escucho.

»Veinte años y me enamoré de un hombre casado. Mi profesor de microbiología. Sabía que estaba casado y no me importó. No voy a juzgarme ahora, ya lo hice en su momento. Espero que tú no me juzgues tampoco.

Me bastaba con vernos en la facultad y en su despacho. Poco a poco fuimos dejándonos ver. Salíamos juntos de la clase y empezamos a vernos fuera de la universidad. Nos fuimos transformando en una pareja más. El mucho mayor, claro, pero eso a nadie le importaba; al menos a nadie de nuestro círculo. Lo peor eran los veranos. Tres meses sin vernos era insoportable. Comenzamos a engañar habitualmente a nuestras familias. Las excusas eran cada vez más estrambóticas. ¡Te puedes imaginar! Estábamos enamorados, atados por el sexo y por el corazón ¡Aquello era imparable! Así que continuamos, segundo curso, tercero y cuarto.

Al principio, como puedes suponer, nos escondíamos de mis compañeros y de los suyos. Eran palpitaciones constantes, adrenalina a tope. Eso engancha. Él lo vivía igual que yo. Un chaval en cuerpo de adulto. ¡Pero qué cuerpo, Ari! Muchos veinteañeros quisieran tenerlo».

—Mamá, ¿sabes que me estás dejando loca?

—¡No seas escocida! Nunca he sido puritana contigo, no lo seas tú conmigo.

“¡Zas, en toda la boca!” —Perdona. Sigue.

—Es Emilio. Estuvimos en su casa, ¿recuerdas? Conociste a su hijo. Ese Emilio por el que me preguntabas, sólo por curiosidad, claro.

—¡Madre mía! —digo—. ¡Voy a cerrarme la boca! Me llevo las manos a la cara y me tapo todo el rostro que abarcan.

Mamá vuelve a reír. Su risa me contamina. A pesar de su tragedia, la del presente y la del pasado, ella es única en nuestro género. Madre como la mía no están todos los días en el mercado. Soy afortunada, y su Dios me arrebatará esa suerte. Me resigno, aunque me enfado sin remedio. Mí conmigo.

»En quinto curso, Emilio me consiguió una beca. Era estupenda, cualquier alumno hubiera dado un dedo de su mano por ella. Tenía medio planteada la tesina. La idea era leerla al finalizar el curso, después, un año de investigación para la tesis. Eran los planes de Emilio, pero no los míos. Él quería tenerme a su lado. Un contrato de interinidad lo arreglaba todo. No fue así. Yo pensé que la beca era una excusa para alejarme de su lado y no lo permití. Me hice celosa y recelosa. Me obsesioné con su mujer, con otras compañeras, con cualquier mujer que se acercaba a él. La verdad era otra. Lo prometió, no le creí. ¿Encoñada? Puede ser. Loca por él, loca de verdad. Enferma».

—¿Enferma?, ¿hay aquí alguna enferma? —Es papá. Entra con una bandeja para dar de comer a mi madre.

—¡Papá! —digo—. Es de mala educación escuchar detrás de las puertas.

—Eso dicen. Pero la puerta estaba abierta —Mi padre incorpora a mamá con cuidado y yo coloco los almohadones. El buen rollo que respiramos desde que está mamá en casa es una bendición. Sólo por eso, entiendo que ella dé gracias a Dios. Yo se las doy a mi padre.

Mamá es buena. Deja manipular su cuerpo como si fuera de goma, ni un leve quejido, ninguna muestra de dolor. Estoy segura de que todo le duele. La vida duele. Su comida se acompaña de analgésicos opioides, como plato fuerte; de postre, oxígeno con mascarilla. Sufre para morir. La tribulación que nos lleva de la cuna al sepulcro sin enterarnos, sin darnos cuenta de que nacemos y morimos, sin querer vivimos. Unidad perdida desde el mismo momento de la creación. Abandonamos la habitación, dejamos a mamá deleitarse en sus sueños inducidos por el opio medicinal. Dice que no sabe si sueña, no lo recuerda, pero descansa.

Papá y yo charlamos de veleidades. Aún no verbalizamos la muerte de Jaime. Supongo que cada uno lo lleva dentro a su manera. Sólo Marisa y Marina han entrado en su habitación, han arreglado y recogido sus cosas. Sus cenizas, guardadas en un cofre de cedro español, se asientan en la mesa de estudio. Lo he visto cuando Marisa limpiaba.

Compro a mamá una campanilla de bronce, similar a la de la abuela. Cuando se la entrego, sus ojos se cierran.

—Arí, siéntate y acabo mi historia, ¿quieres? —dice.

»Emilio es un buen hombre. De verdad, estaba enamorado. Mis celos enfermizos le hirieron en la palabra dada y en el amor sincero que me había entregado. Pasamos un tiempo gris y desolado que llenamos con el estudio y el trabajo. Acabé la tesina y Emilio me llevó de viaje. Me regaló conocer la Isla de Pascua. Los veinte días más alegres de mi vida. Es así, aunque he conocido la felicidad al lado de tu padre. Lo que entiendo por felicidad y con eso me conformo.

¿Sabes lo cruel que es el amor? Tanto como la vida. Regresamos de aquel paraíso con la intención de vivir juntos. ¡Qué trágico puede ser un deseo! En septiembre alquilamos un apartamento, cerca de la Moncloa, cerca de la universidad. No creí que la banalidad de amueblar y decorar un piso pudiera darme tanta satisfacción. La noche del veintiuno Emilio dijo a su mujer que me amaba. No hubo ni un solo reproche, ni una sola palabra; él todavía vivía en su casa. La mañana del veintidós, a las puertas del amanecer, ella se tiró del viaducto.

Tuve los santos ovarios de ir a su entierro. Fue el último día que vi a Emilio. Le llamé por teléfono todas las horas de todos los días; fui a su casa y le esperaba días y noches a la puerta de la finca; le busqué en la universidad, pregunté a sus amigos. Emilio había desaparecido de mi vida. Cuando ya desistí de él, recibí una carta desde la Isla de Pascua. En el sobre también incluyó la que su mujer le había escrito a él, antes de suicidarse».

—¡Joder, joder! —digo.

—Ari, ¿puedes darme un poco de agua?

Me levanto de la silla como si llevara mierda pegada al culo. Alcanzo la botella de agua mineral y le sirvo un vaso que se rebosa. El agua resbala por mi mano, mis pantalones y cae por el suelo. Mamá no dice nada. Es comprensible, supongo.

»¿Casualidades de la vida? No creo en la casualidad. Al poco tiempo de abrir la floristería recibimos un encargo importante. Una secretaria realizó la petición, primero por teléfono, luego vino a la tienda. ¡Un proyecto de paisajismo! ¡Por fin! Creí que mi deseo se cumplía. Fue un deseo envenenado, yo no estaba a la altura. Palidecí cuando vi escrita la dirección: la misma de la casa de Emilio. Pensé que él ya no viviría allí, que era una broma, una casualidad. Pero también me cabía la esperanza de lo contrario. Sí, tenía la esperanza de encontrarle, de volverle a ver. El corazón me galopaba ferozmente, capaz de saltar cualquier obstáculo, me llevó a la finca.

Era él. Me abrazó con alegría, con cariño. No había rencor. Hablamos sin amargura. Ahora es mi cliente y mi amigo. Su mujer era amante de las flores, una loca de la jardinería y, como has visto, su casa es un jardín viviente».

—¡Ay, mamá! —digo— ¡No tengo palabras!

—Lo creo, y no las espero —dice. —Pero hay más. Hay un secreto, ya te lo avisé.

—Tú dirás.

—Su hijo, no sabe que soy la asesina de su madre.

—¡Por Dios, mamá,tú no eres culpable! No lo digas así, ¡por favor!

»Tras el reencuentro, supe que tenía un hijo. Yo estaba trabajando en su casa, concretamente en el salón de verano. Un niño, de unos seis o siete años, con el cuerpo pintado y atavíos indígenas, se acerca a mí y me pregunta quién soy. Le digo que soy la florista, la jardinera ¿Qué le iba a decir? Para Emilio hijo, soy eso. Casi veinte años de relación y sólo soy la que cuida las flores. No hay nada más».

—¡Ni nada menos! —digo.

¿Por qué coño las mujeres de mi familia se complican la vida de esa manera? No imagino nada de esto en las demás, sólo en las novelas, que de eso sé algo. Otro secreto adquirido. Comiso, que habré de cobrar o pagar cuando muera. Ya se verá. No antes, ni en propia defensa. El secreto no morirá en mi boca porque nunca saldrá de ella. Mí conmigo.

Mi madre muere el mismo día de su cumpleaños. Importa la fecha, veintiuno de septiembre, ya he contado el porqué. Carezco de bondad, ni siquiera me apiado de mí. Algo de hierba me consuela. Me prometí no volver a fumar, no aguanto la promesa y, a pesar de su dañina consistencia, me calma los ratos que bajo hasta el averno. ¡La culpa es de Dios!

Su urna de cenizas, el cofre con las de Jaime y mis cajitas sin pendientes. Un cementerio en la habitación de mi hermano, una cámara mortuoria que acoge el polvo de los que son queridos. Después de ella, estoy perdida entre dudas y tinieblas que me lleven al cielo o al infierno.

***

Como no sé qué hacer con la vida. Mi padre toma la decisión por mí: —Haz un viaje. —Y toda su cara me sonríe con un amor triste pero entregado.

Me pongo a prepararlo. Documentación, fotocopias y expedientes, visitas y citas a la universidad, a Exteriores, a administraciones varias que piden todo y no dan nada. Dos meses de llevar y traer papeles. Lo consigo porque hablo con Emilio. "¡Con dos ovarios!" que diría mi madre, me presento en su casa. "Soy Ari, hija de Mabel, la florista". Me quedo a comer. Hablamos con una confianza inédita. Participamos de sensaciones antiguas y nuevas. Nos concedemos sentimientos fraguados en un pretérito mortalmente vivido, como si fuera de siempre, como si fuera nuestro. Entiendo por qué mamá se enamoró. Expongo en la mesa mis planes. Doctorado, tesis, investigación de campo. Una huida que encamino hacia el futuro o el pasado. Viajo a Santiago de Chile y de allí a la Isla de Pascua.

Saludo a la nueva tierra que me acoge. Escucho una canción de moda al salir del aeropuerto. Es una confesión o un ruego.

Tarareo las palabras de Adele mientras busco una dirección que dar a un taxista.

Hello, it's me...
I was wondering
If after all these years you'd like to meet
To go over everything
They say that time's supposed to heal you
But ain't done much healing
Hello, can you hear me?

PARTE II

El camino lejos del lugar

¿No les he dicho ya que lo que toman
erradamente por locura es solo una excesiva
agudeza de los sentidos?

Edgar Allan Poe, *El corazón delator*

En mi camino aparece el profesor Phil Stone. Mi tutor y mi guía. Trabajo con él un curso, en Santiago de Chile. Hacemos dos viajes a la Isla de Pascua. En el primero, yacemos juntos. En el segundo trasladamos trabajo y vida a Hanga Roa. Sigo el legado, con todo lo bueno y lo malo. Hago lo peor. Me enamoro de él. Tropiezo, como mi madre, y caigo hasta el abismo, más abajo de la tierra mojada. No me salvo. Me convierto en la arena roja que habito, generosa o despiadada, según obra el hombre. Mi alma es científica y atea hasta que me llama la misma creación. Un don, una magia que manejo libremente.

Amar al hijo virtuosamente, con la devoción y la abnegación que le sigue hasta la muerte y más allá de la tumba. Digo, la madre buena ¿Madres malas?, y padres; como las meigas. Un espíritu maligno impostado para debilitar la vida del hijo. Pasiones que alteran los sentimientos naturales, desposeyendo de su derecho a la ley del hombre justo, una la ley natural que imperfeccionamos desde la vida privada y que solo compete al tribunal de la conciencia.

Hubo de ser así. Un atracador de sueños transgrede mi virtud, me baja hasta el infierno y me abandona entre sangre y fuego. Pero el hijo no nace, porque yo no lo quiero y no lo quiere Dios. Un padre malo que no es padre. Calen me encuentra porque mi llanto le busca, me salva y me protege hasta más allá del purgatorio.

—¡Calen! —digo.

—¡Ari! ¿Qué pasa?

Estoy sentada al desnudo de la luna, acurrucada sobre mi desolación, tirada entre la tierra arcana, entre piedras de lava, llena de agua y sola, como un jarrón vacío de flores encima de una mesa que espera y espera. Lloro y me quejo con los sonidos del dolor. Solo digo su nombre que se escapa sin permiso de mi boca.

—¡Calen!

—¡Oh, my God! ¿Estás herida?

—Sí, en la vanidad de mi corazón.

—¿Qué haces aquí sola?

—¿Acaso no lo ves?

Se sienta a mi lado y calma las quemaduras del fuego de mi infierno.

Al rato le digo: —Phil me ha dejado. Se ha ido con su mujer, con su trabajo, con su vida, y me ha dejado.

Calen retira su brazo de mi hombro y mira hacia el Pacífico.

—Creo que estoy embarazada. —Pongo las manos sobre mi vientre y con el pensamiento desarraigo el cuajo sembrado en mis entrañas, no deseo que el pudre nazca en esta vida. Lo hago sobre la misma tierra que exterminó sus frutos, que se dejó vencer por la mano de los varones celosos del don de la vida—. ¿Por qué los hombres vulneran a las mujeres? —Calen piensa en el dolor de mi pregunta.

—Porque envidiamos la magia de la creación. Las mujeres crean, los hombres destruyen. O eso dicen.

—Cuando le dije a Phil que iba a tener un hijo, todo se derrumbó. No me quiere, me usa. Se marcha en el primer vuelo. ¡Abandona todo!; y a mí.

—¿Y la tesis?, ¿tú también vas a abandonar?

—Calen, vuelvo a España. Si tengo un hijo quiero que sea en mi casa.

—Tú decides, Ari. Lo puedo comprender. Lo siento.

—En este instante, lo que no me importa es la puta tesis, es lo que sé. ¡Que le den a la tesis y al cabrón de Phil!

—¡Pues que les den!

Mi primera risa en una semana. El comienzo de un fin.

Cuando entra Otu, casi todas las cosas de la oficina están empaquetadas. Aparto sobre la mesa de Phil apuntes y algunas muestras que se ha olvidado, o que ha abandonado, eso no lo sé.

—¿Me ayudas? —digo a Otu que se ha quedado petrificado como uno de sus *moai*. No se mueve y me mira con ojos de loco.

—¿Te marchas como Phil?

—No como Phil, pero me marcho. —Otu continua tieso, con las manos pegadas al tronco. Sigo empaquetando y ordenando hasta que me canso de que me mire pasmado.

—Phil se marcha y luego regresa. ¿Tú vas a regresar con Phil?

Estoy segura de que Phil volverá a la Isla. Otra joven incauta vendrá con él: una maleta en la mano, llena de deseos de futuro en forma de libro escrito con la tinta de una mentira; en otra mano, un fervor religioso por el hombre maduro, ni amante ni amigo, un necio que se esconde tras la máscara de la

Academia, pero que sólo siembra veneno, no enseña nada. Imagino como la engaña, la preña o no, y así sucesivamente.

—Dicen que los *moai* andaban —digo—, ¡vamos, ayúdame!

—¿No te gusta Hanga Roa? —Otu levanta del suelo las cajas con libros y cuadernos que ya he guardado. —¿No te gusto yo?

—¡Me encanta tu tierra!, y te quiero con muchísimo cariño. Me voy por motivos personales.

—¿Cuáles?

Otu debe tener doce años, o tal vez más, o menos, no lo sé y él tampoco. Merodea por la oficina de la universidad desde que piso a la Isla, creo. Me ayuda, me adoctrina sobre los misterios de su patria, su pasado y su futuro. Aporta su continuada presencia Rapanui, que no es poco. Dice que somos amigos, pero no creo que entendamos la amistad de la misma manera.

Sé de él lo que me cuenta. Caminamos por la playa de Anakena o descansamos en un acantilado. Otu iti habla y yo escucho. Se me da bien escuchar.

»Tú eres Ara, *Ara Roa Rakei (el camino lejos del lugar)*, me llevarás contigo, estoy aquí para esperarte. Comparto tu alma, te conozco. Estoy contigo y en ti, por eso no tengo una familia. Sin ti, soy niño y soy anciano; contigo aún soy joven. Cuando llegue a viejo volveré. Aunque me vaya, la isla te llama, ¿sabes? Tú me dejarás regresar para morir».

Cada vez que Otu habla así me dan escalofríos como corrientes eléctricas que sacuden mis huesos. Es un niño y no le temo, temo sus palabras. Lío un canuto. El paisaje de la Isla invita. Ofrezco a Otu y lo rechaza de buena gana. Él no necesita la magia de la hierba para soñar, su vida es un sueño y él su dueño.

—No creo que no tengas familia —digo—, aunque hayan fallecido tus padres, tendrás tíos o primos.

¿Por qué Otu se empeña en hacer todo tan difícil, tan increíble? Puede que sea yo quien lo complique. Él lo cuenta con clarividencia, con una sencillez tan natural que creo que es absolutamente verdad. Luego interviene la razón, la occidental y europea, y ya todo se convierte en un misterio.

»Mi abuela de madre era francesa. Llega a la isla con las ovejas. He visto retratos suyos y era bella, morena y delgada. Muy blanca y se casó con un señor de la Compañía. Un señor de bigote blanco y poco cabello, viejo para ella, pero también muy rico para ella. He visto fotografías, en el museo. Hay un joven rapa que sirve en el hogar se enamora de ella y los dos se aman. Se alejan de la granja. Cuando el señor del bigote blanco encuentra a mi abuela ya estaba encinta de su hija. Mi madre nace roja, como yo. El señor separa a la hija de su mujer y la tira a las rocas. Se lleva a su esposa a Tahití y de allí viaja a Francia».

—¿Tiró a la niña a las rocas?, ¿a tu madre? —digo, con la duda de creer una sola palabra. Cuando Otu habla de sus cosas íntimas pilla carrerilla y su español es difícil de comprender. Da lugar a interpretaciones. Creo que eso hace que sus historias sean tan mágicas; pueden ser verdad, que no creíbles.

»Te digo más. El marido de mi madre busca a mi padre y le mata. Deja a la hija de su esposa fuera del hogar. Abandona a mi madre en ningún sitio, en las rocas, en las piedras de lava. La niña, entre ovejas, fue encontrada por uno que buscaba entre el ganado. Un anciano rapanui recoge a la pequeña y la acoge con él para alimentarla, te digo que con la misma leche de las ovejas. Si la Compañía lo encuentra lo mata con la niña. Es así. El anciano no es padre y mi madre no tiene apellido de familia, no tiene *tupuna*,

¡ancestros! Eso importa mucho. Mi madre no tiene linaje y en el primer sangrado el anciano la promete a un rapanui mucho más viejo que ella, que no tiene esposa porque tiene la cara fea y es extraño. El anciano consigue una gallina y ya está. Después de que mi madre pasa años con su esposo tiene un hijo, yo. Ella muere cuando yo nazco. No poseo apellido y no tengo familia. El esposo de mi madre queda muy enfermo cuando yo casi camino, luego muere. Tengo su hogar y allí vivo con cuidados de las ancianas. No tengo el nombre del esposo de mi madre porque las ancianas dicen que soy hijo de crianza. Yo no tengo la cara fea. Mi madre coitó con otro hombre que no sabemos quién. ¿Comprendes?»

—Comprendo.   Es   terrible,   pero comprendo. —digo.

Otu no tiene la cara fea. Es bello. Todo en él es sencillo, excepto su gramática.

Voy   hasta   el   trabajo   de   Calen. Entretengo la vista en la última mirada a Hanga Roa, capital y único núcleo urbano de la Isla. Trato de pegar las imágenes en mi memoria. A pesar de Phil, quiero retener este trozo de mi vida. Puede que la Isla me acompañe cada día, aunque ya no vea el mar Pacífico o las rocas rojas, ni los *moais*, ni las palmas, ni a los rapanui con el cuerpo pintado que bailan ante los turistas sus danzas ancestrales. Algo puede crecer en mi útero, aunque yo no quiera.

Entrego a Calen las llaves de su casa. Él nos alquiló un sitio donde pasamos Phil y yo nuestros días de amor y mentira (para cada uno lo suyo).

—Ari, ¿por qué no te quedas unos días? Los suficientes para encontrar la serenidad y pensar antes de abrir la puerta de tu casa.

—No tengo mucho que pensar, todo me viene dado. En cuanto a la serenidad... —Me derrumbo de nuevo ante Calen. Aparte de Otu, él es la única persona de la Isla que me entiende, o se acerca bastante a ello.

Me dejo convencer y me quedo. Verdaderamente no tengo prisa en llegar a casa; solo tengo miedo. Incluso podría quedarme aquí el resto de la existencia. Así de desesperada estoy. Me instalo en casa de Calen. Imposibilidad de conciliar el sueño en la antigua cama de la antigua casa que compartía con el antiguo Phil. Imposibilidad de vivir sola.

Paso los días reviviendo momentos pasados. Los lugares son los mismos, yo no, los recuerdos tampoco. Otu llega a casa de Calen todos los días, de la misma manera que hacía en la oficina. Me acompaña y no me resisto a su presencia. Sabe qué me ocurre y no se lo he dicho yo.

—Si no quieres a tu hijo, él no nacerá —dice.

—¿Qué hijo?, no sé de qué hablas. —La vergüenza no me deja mirarle a la cara.

—Él no desea la vida que le viene. Si nace, es por ti.

—Otu, no te entiendo.

—Sí entiendes. Ara, no hay miedo en tu deseo.

Pero lo tengo. El miedo crece con los días y mi deseo decrece gradualmente. Me familiarizo con extraños sentimientos cada día que miro mi barriga en el espejo. Comienzo a notar un equilibrio inestable en la herida que me inflijo legítimamente, me beneficio del taimado sentido del humor que me invade últimamente ¿Siento el cambio en mi cuerpo o es una obsesión? Hay indicios de que esto va a ser largo. Camino a tranco lento pero infatigable. Ya solo una ligera brisa sopla en mis pensamientos. ¡Mi hijo nacería sólo por mí! Me entran sudores y dudas.

Cada mañana, Otu me recoge y pasamos la mayor parte del día deambulando por la Isla. Quiero retener en la mente el paisaje que no volveré a ver, dibujar su contorno paso a paso, por la arena y por las rocas. Paisaje lunático y misterioso, que no dice lo que fue, mezquino o frondoso, de la vida del hombre antiguo que lo habitaba. Tal vez nunca hubo hombres y por eso nos retiene con su halo de locura contagiosa, que te amarra a su lava, pegado y fosilizado para siempre. Angustiosa sensación de aislamiento y sentimiento de perduración eterna.

Comemos empanadas de atún y *po´e*. En el último bocado, dulce y esponjoso, le pregunto: —¿Y tu madre?, ¿qué le pasó? — Abarca con su mirada toda la inmensidad de un Pacífico que hace honor a su nombre. Se pierde en la bruma lejana, se detiene en la misma línea que separa el cielo del mar. Una línea borrosa e incierta, que no descubre donde nace y donde muere. Ese punto infinito que los ojos no ven, sólo el espíritu inocente, el que no conoce la maldad, como el de Otu.

»El esposo de mi madre, primero es feliz. Cree que yo soy hijo de su esperma. Pero las rocas hablan, Ara, y se lo dicen a los volcanes. Mi madre sirve a su esposo pero algunas noches se encuentra con otro hombre. El viento sopla cuando los dos yacen sobre las piedras de lava; lo murmura por toda la Isla; lo escuchan solo las ancianas. El viento no dice el nombre de mi padre, mi madre tampoco lo dice jamás. Pero cuando yo nazco, un aire negro sale del volcán Terevaka y viaja hasta la casa donde duerme el esposo de mi madre. Con eso, ya saben que no soy el hijo del marido de mi madre. ¿Comprendes?»

No —digo—, comprendo el mensaje de tus palabras, pero no entiendo de vientos que salen de volcanes. Supongo que eso es cosa de las ancianas.

Recojo los paños y envuelvo la comida que sobra. —Ven, te llevo a un lugar exacto —dice—, y con la mano me levanta del suelo.

Caminamos poco rato por el borde del acantilado hasta llegar a la plataforma. Algunos caballos llegan hasta nosotros, pero en cuanto Otu los mira, se van a trote lento y tranquilo. Desde la plataforma contemplamos el *Ahu Tongariki* (altar) y la península del Poike. En el altar megalítico, Otu se tiende arrodillado en el suelo. De espaldas a los *moai* y de frente al océano. Hace un ritual entre pagano y cristiano. Sus creencias son una mezcla íntima y fantástica, el pasaje a otra vida. Un intercambio simbólico que maneja naturalmente un mundo de metáforas y rituales, una interacción perfecta entre las fuerzas primarias del Universo que me retrotraen al origen y al fin último de la existencia. Algo que no es accesible al razonamiento lógico. Nada más que eso. Otu Iti, el que llegó de otra Isla lejana del mismo mar hasta el Ombligo del Mundo me dice que posee el *mana* ancestral y divino. No sé por qué, verdaderamente creo que posee un poder sobrenatural o extrañamente divino y no humano. Sus rezos y sus actos me parecen tan misteriosos como auténticos.

»Me dicen que no soy de algún clan, pero sé que vengo de alguno, si no, no existiría. ¿Comprendes? Dicen que no soy de las treinta y seis familias. El Consejo de Ancianos vela por mí, pero no me conocen. Son las ancianas de *Mataveri* las que siguen mis pasos. Ellas saben mis atributos y mi fuerza que sale de la Naturaleza, como un hijo legítimo de *Make-Make* (dios creador). Pero las leyes son inmutables. Hay consejos que dictan el comportamiento Rapanui».

No es pena ni es lástima. No es tristeza. Es un sentimiento de pasiva injusticia el que me embarga. Otu está desarraigado, desafectado por su gente. Sin embargo, es la persona más auténtica que conozco. Otu posee el *mana*, no por derecho propio, si no por una capacidad especial que se encuentra en su mente (como en la cabeza de los *Ariki)*, en la profundidad de sus huesos, que transmite su áurea con candorosa bondad. Yo la siento.

Pide que me tumbe y lo hago como el hombre de Vitruvio, como me indica Otu. No creo que él sepa nada de proporción áurea, de Da Vinci, o de los filósofos griegos, matemáticos y constructores pensadores hasta la actualidad. Yo, en un lugar sagrado de un universo, unida por mi ombligo al ombligo de un mundo, conecto espíritu y materia, uno cielo y tierra. Otu me dice otra vez: —Si no quieres a tu hijo, él no nacerá.

Esta postura, este ritual, me incomoda racionalmente. Otu dice: —¡Déjate llevar!—, y el aire que respiro narcotiza mi razón y me empuja instintivamente a seguir adelante. No hay salvación ni condenación. Es la Madre de toda la vida, la de antes y la que estará después. Otu vierte agua sobre mi vientre y esparce un puñado de tierra roja. Dibuja mi piel con sus manos, líneas y círculos me envuelven. Oigo patear de caballos a lo lejos. Mi cuerpo, pintado de púrpura a la luz del sol, queda sujeto a la Madre Tierra mientras mi espíritu se eleva y sobrevuela en círculos concéntricos. Veo claramente como mi vientre se hincha, como late mi corazón y respiran mis pulmones. Otu, de rodillas entre mis piernas, susurra voces.

Un *manutara* o ave de la suerte (hace años que el gaviotín no anida en la Isla), llega desde el islote y aletea junto a mí. Es una danza tribal en la que bailo hasta caer muerta sobre mi cuerpo extendido en cruz. Mi vagina desnuda mira al océano y mis senos se alzan hacia el sol.

—Ya está hecho —dice Otu.

—¿El qué? —digo— ¿qué ha pasado? ¿Por qué estoy desnuda? —Observo mi cuerpo. Otu me entrega la ropa arrinconada junto a las mochilas.

—*Ara Roa Rakei*, el huevo está huero. Todavía no era su tiempo. Tu hijo nacerá más tarde y más lejos.

— Él no desea la vida que le viene —Es otra voz la que habla, no soy yo.—Solo espera. Tranquila. Tu hijo nace luego, cuando tú tengas una vida más feliz —dice Otu. — ¿Comprendes?

No comprendo. La razón vuelve a mí y estoy inquieta. Visto mi cuerpo y miro alrededor y a lo lejos. ¡Gracias a Dios que no me ha visto nadie!

—Ningún hombre nos ha visto, sólo el cielo, la tierra y el mar —dice Otu, sarcástico. Recojo la mochila.

Regreso de la excursión con ganas de ver a Calen. La casa está sola. Jabono la pintura de mi piel. La tintura color sangre chorrea junto al agua que se vacía por el desagüe de la ducha. Supongo que todo esto acaba en la cloaca que vierte su miseria al mar.

Calen entra y yo estoy limpia, esperándole. Me acostumbro a su presencia del mismo modo que acoplo las manos sobre el vientre. Instintivamente.

Cierto día, mientras desayuno, Calen me da un beso de buenos días. Naturalmente. Nos referimos una complicidad que no supongo ni en sueños. Un río de pesadumbre, de turbada melancolía, me ahoga cuando menciono mi marcha. El rostro de Calen es un testimonio de lo mismo. Remolinos rebeldes contra Phil y embalses de agua mansa para Calen.

Su nombre se escapa de mi boca y un cosquilleo agobiante me anuda el estómago, lo aprieta, como un pañuelo mojado y retorcido que libera su agua. Él me responde, aunque no espera nada. Sabe que digo su nombre por decir ¿Significa algo?

Calen me obliga a comprar una prueba de embarazo.

—No es suficiente que te haya faltado la menstruación sólo una vez; en cuanto lo averigües debes ir al médico.

—Pero, tú eres un médico.

—No seas niña, Ari. Yo no puedo llevar un embarazo.

Con él, rescato la seguridad perdida. Quedo indefensa cuando recuerdo las sensaciones en la piel, los olores, mi sexo sangrado, solo lo suficiente para disponerse hacia el placer. Lo disfruto. Ahora soy consciente de la estafa. Phil se adueña de mi sexo con un hedonismo brutal, descorazonador si lo pienso ahora. Una posesión que dejo en el camino del placer. Ya no me importa, ya es otra historia vivida, pasada y zanjada. Calen es bueno y es bello. Libido insensata que se revuelve en mi sexo y me empuja hacia el deseo incontenible de follar con él. No tengo prisa. Sé con seguridad cuando llega el amor, no voy a desgastarlo. De momento espero con gusto y sensualidad dispuesta. Por ahora le implico en mi problema, en mi vida. Me gusta Calen. Retraso una hora y otra, un día y otro, el momento de hacerme el test. Cada tarde, él me pregunta y yo no le respondo. Tengo una vaga intuición que me hace elegir entre el futuro hijo o el futuro Calen.

La mañana de un día despierto con algo de sangre entre las piernas. Con una mirada sanguinolenta, llena de culpabilidad y gozo, salto de la cama y corro hacia la habitación de Calen. Todavía duerme. Me abalanzo sobre él, mancho las sábanas con el rastro de una felicidad absoluta, mis manos que le despiertan, le agarran la cara. Busco su boca con la esperanza de que él me responda. Y lo hace.

El no ser. Respuesta a la vacuidad del hombre. Lo que sí es real. El hijo engendrado, no creado, concebido y no nacido. No le otorgo la vida humana, le arrojo a la misma existencia de la muerte, a la nada. No es ser y es nada. Liberado de la vida está. ¿Dónde? ¿Cómo? Eso, ya lo pensaré.

Otu sigue sin responder a mi pregunta. Es la última excursión bajamos a la cueva *Kai Tangata*. Otu tiene preparado el horno de tierra y piedras calientes en el que se cocina curanto. Es una ocasión especial. Mi final en la Isla.

»En los tiempos de mi madre, el *Ariki* del décimo clan extiende su *mana* (poder sobrenatural) de forma negativa sobre mi madre. Propicia su muerte, por hacer lo prohibido. Eso es».

—Pero ¿cómo muere tú madre o propician su muerte? —Mi insistencia denota curiosidad. Otu hace gesticula malamente. Creo que no quería llegar a este momento de su historia. Tendría que haberme mordido la lengua antes de hablar. Supongo que nuestra relación le obliga y le cedo el tiempo y libertad que le debo. Tras un rato, con la húmeda oscuridad de la cueva a nuestras espaldas, de frente al mar que trae y lleva la vida en sus olas, Otu comienza a hablar.

»Tú conoces la competencia del hombre pájaro. En el año de la muerte de mi madre, el *Tangata Manu* entrega la vincha con el primer huevo a su jefe. Ése sentía amor y odio por mi madre. Sabes que la tribu que gana tiene privilegios y poder durante ese año. Dice la leyenda que incluso podían quitar vidas, sacrificar a otros de clanes rivales, y hasta podían devorar a las víctimas de su rencor y envidia. Y lo hacían aquí, en esta cueva. Yo no lo creo así, por eso te digo que esto es leyenda, no tradición. Mi madre murió. Ya no sé más. Es todo lo que saben las ancianas, los volcanes y toda la Isla. ¿Comprendes?»

Todo se puede comprender porque todo puede ser.

Me despido de la Isla hasta siempre. Me despido de Otu que me arranca la promesa de llevarle conmigo.

—Te digo que tengo que ir contigo —dice.

—Lo sé, Otu. Hay muchos documentos que impiden que salgas de la Isla. Dame tiempo. Calen me ayudará. Vendrás a España. Lo conseguiré —digo.

—Me das tu palabra y te comprometes. ¿Entiendes que voy contigo? —Su cara no muestra desesperación sino convencimiento.

—Lo juro. Vendrás conmigo, Otu.

***

De la mano de Calen entro en el piso de la calle Maldonado. Nos recibe Alex con un abrazo caliente y espeso. Mi padre llega a media tarde. Me conforta la familia que me queda. Me gusta estar en el hogar.

Llevo a Calen hasta la habitación de Jaime. Un impulso del instinto quiere presentarle a mi madre, a mi hermano y a mis abuelos. Abro la puerta y el olor a flores me deja sin respiración. Mi padre ha convertido el dormitorio en un camarín sagrado. Una plancha de mármol atraviesa la habitación de lado a lado, bajo la ventana. Encima de ella vive un catálogo completo de plantas verdes entre las que duermen mis muertos. En los extremos, dos jarrones con rosas blancas y rojas. En la pared de enfrente se acoplan dos sillones y, entre ellos una mesita acoge en su círculo redondo un jarrón con las flores más bonitas para el recuerdo. ¡Me fascina!

Cenamos y hablamos en la mesa hasta el amanecer. Nos contamos pedazos de las vidas que no conocemos, pero nos importan. Papá y Calen beben vino, se atropellan hablando. Alex y yo reímos sus gracias; de vez en cuando nos damos la mano y así nos lo decimos todo. Alex habla poco. Su dolor no se oculta entre su risa. Como un hombre triste, ajeno al momento, se levanta: —Familia, el sueño me llama.

Nos quedamos en silencio, con las manos cruzadas sobre la mesa.

—Ari, ¡me alegro tanto de que hayas vuelto! —dice papá. —Me besa en la frente y nos da las buenas noches. Calen y yo salimos a la terraza. Miramos el cielo de Madrid. No tiene estrellas.

Cada uno desayuna cuando se levanta; cada uno por separado. No sé cómo empezar el primer día del regreso. Extraño la Isla y recuerdo a Otu. Salgo a la ciudad para recuperarla. Voy con Calen hasta el vivero. Está cerrado. Saltamos la verja de la entrada y me lleno de desolación según camino hacia dentro. Unas lágrimas quieren salir y las dejo. ¡Mamá! La llamo y me ahoga su ausencia. Un arrebato de violencia vierte blasfemias innombrables que salen de mi boca. Un vómito de lodo negro lo inunda todo. Destrozo todo lo que hayo en pie, arranco yerbas secas y troncos huecos, inhalo el aroma a podrido que yo misma desprendo.

¡Qué dolor tan absoluto y verdadero! Me entrego a la tierra ansiosa para revolcarme en ella, para morir en ella y acercarme a mi madre. —¡Mamá, mamá! —grito y me acurruco en el desconsuelo de la realidad como si fuera el vientre de mi madre.

Calen me deja sola en el invernadero, lo necesito para reconciliarme con la vida. Pero eso llevará mucho tiempo.

—Alex, exactamente, ¿por qué has venido? —digo.

—Marina me llamó. Algún problema de herencia. Sabes que odio a los abogados y su papeleo.

—¡Ah! ¿De la herencia de los abuelos? —digo.

—Sí, claro. He firmado un poder a Marina. Prefiero que ella se encargue de todo.

—¿Confías en Marina?

—¡Claro, Ari! ¡Es mi hermana!

—Sí, perdona —contesto con la sensación de haberme perdido algo importante.

—La relación con Mabel era distinta, inigualable. Pero, bueno. Marina y tú sois lo que tengo. —Sus ojos se llenan de lágrimas y me reprocho mi lengua viperina. Dañar a Alex es dañar a un inocente.

—Lo siento. No quería herirte.

—No me hieres. Soy llorón por naturaleza. —Sonríe como un niño.

—Me alegro de que estés aquí, aunque sea por el papeleo.

—Y yo; aunque el sábado cojo el vuelo de regreso.

—¿Qué tal con Hanna? —Cambio el ritmo de la conversación, cojo chocolate de la nevera y le ofrezco una onza. Alex se apodera de la tableta, podría alimentarse de chocolate toda su existencia.

—Muy bien. Tu madre la envió conmigo para que me hiciera feliz, y lo hace.

—Lo sé. Mamá y la abuela hablaban, yo escuchaba y lo que no entendía, lo preguntaba.

—Sí. ¡Mabel y la abuela me echaron! —ríe pícaramente— ¡Es broma! Yo estaba desesperado, a punto de hacer una estupidez. Tu madre se dio cuenta, pasó conmigo todo el verano, hablamos mucho y decidimos que tenía que empezar otra vida, en otro lugar. —Su cara se torna melancólica pero satisfecha. —Me sacó un billete de ida a Miami y listo. A los seis meses, sacó otro billete de ida para Hanna. Y al año siguiente ella misma embarcó y nos llevó a los hijos de Hanna.

—Lo sé —digo. —Pero él sigue hablando como si no me hubiera escuchado.

No soy capaz de interrumpir su relato. Dejo que suelte lo que le duele y lo que no. Pacientemente escucho su pasado desgraciado, la mentira de su primer matrimonio y de sus hijas, no son dignas de su padre.

—Gracias a Mabel tengo una familia y soy todo lo feliz que se puede ser.

—¡Bien!

***

Por segunda vez vuelvo al psicólogo. La culpa por la muerte de Mina se diluye en el tiempo. Si lo recuerdo, lo vivo nuevamente. Nunca desaparece. Por segunda vez regreso a casa con una receta en las manos. Las pastillas son una opción, aunque prefiero la hierba. Hace tiempo que no fumo. Es malo para la salud de los demás. La mía no me importa en este momento.

Papá y Calen hablan a escondidas. Lo hacen a veces. Supongo que de cosas de hombres. No pregunto y ellos no me cuentan. Tema zanjado.

Relato a mi padre la historia de Otu. Me escucha silencioso y me acaricia la mano. —Un ser extraño, ese Otu —dice. No es extraño, es mágico.

Propongo hacerme cargo del invernadero. Papá y Calen creen que debo esperar. ¿Esperar a qué? La inactividad me consume. La única obligación que tengo es ir dos veces por semana al psicólogo. No me ayuda. No me sirve. Demasiado tiempo para pensar, demasiado tiempo en soledad. Mi padre con su trabajo, Calen con el suyo. Yo con nada.

Calen se inhibe cuando le hablo de Otu. Dice que estoy obsesionada y que hable con mi psicólogo. ¡Ya lo hago! Pero el niño pascuence se instala en mi mente y me acompaña hasta en los sueños.

Un año de burocracia, hablada y escrita, desgasta mi vida para traer a Otu conmigo. Recurro a todos los conocidos con influencia que puedan interceder por mí. Papá dice que me ayuda, pero no lo hace, creo. No consigue pruebas de su trabajo y yo no avanzo. Un sentimiento primario me dice que necesito a Otu a mi lado. Calen me conoce y lo presiente. Sabe que lo he jurado y me sabe capaz de pasar la vida entera en la Isla; a mí no me llama el continente. Puedo vivir donde quiera que sea, el lugar no me importa. Calen tiene que regresar a la Universidad de Santiago, asuntos pendientes de su investigación le reclaman. ¡Es una ocasión excelente! Papá también lo cree.

—Ari, sólo son tres mes meses, quizá cuatro —dice.

—¿Por qué no te acompaño? —digo.

—No debes dejar tus sesiones. Parece que te va mejor con este psicólogo, ¿no?

—Creo que eso puede esperar. Últimamente no tengo ansiedad.

—Estarías sola durante el día.

—Busco a Otu durante el día y de noche dormimos juntos.

—No trabajaría tranquilo pensando en ti. Yo buscaré a Otu.

—¡No podrás!, ¡no tendrás tiempo!

—Lo tendré y lo buscaré. "Tema zanjado".

Me hace reír, aunque no me conformo con sus planes. Me resigno, pero tienen trampa. Lo presiento.

Él viaja hasta Santiago y permanezco sonámbula sin él. Robo su tiempo y el mío. Aún el de nuestro hijo. Dejo que Calen coja el avión, no le digo que estoy embarazada. Lo oculto. Debe ir a buscar a Otu. ¿Culpable? Sí, otra vez culpable. Mí conmigo.

Hablamos por teléfono en las medias noches, pero no es suficiente. Nunca recuperamos lo perdido, material o inmaterial. Está perdido, no volverá.

—Ari, verás —Calen guarda silencio. Eso no es bueno.

—¿Qué pasa, Calen?

—No encuentro a Otu.

—¿Cómo? ¡Me dijiste que estuviste con él hace unos días! ¿Cuándo fue?

—El jueves, hace tres días.

—¿Y? ¿No lo ves desde entonces?

—Eso es. Ari, le he buscado por toda la Isla.

—¡Pues busca más y mejor!

—Ari, ¡he preguntado a las ancianas! Dicen que se ha ido.

—¿A dónde, Calen? ¿Ha donde ha ido?

—No lo sé. No lo saben.

—O no te lo quieren decir. Calen, ¡encuentra a Otu y tráelo!

—Ari...

—Calen... Ve de nuevo a las ancianas y que hagan la magia que sea necesaria. ¡Que las putas ancianas me devuelvan a Otu!

—Ari, ¡no saben dónde está!

—No las creas, Calen. ¡Trae a Otu!

El primer encontronazo con Calen es por teléfono. Cuelgo de mala leche y arrojo el móvil lejos de mí. ¿Qué coño pasa? Culpo a Calen de mi mala fortuna, de mi frustración. No es un deseo, es una necesidad.

Regresa de vacío, un mes después. Le espero en el aeropuerto y cuando le veo no me quiere reconocer. No me abraza, me busca de cuerpo entero y encuentra a otra. Mira mi preñez escandalosa. Soy una sorpresa. Soy otra.

—¿Ari? —dice Calen. Tiene cogida mi mano. No avanzamos, seguimos en la puerta de salida de pasajeros. Nos quedamos solos.

—¿Qué te puedo decir? —digo la primera tontería que se me ocurre. No tengo valor para hablar, para mirarle. Bajo la cabeza y la vergüenza sube.

Salimos del aeropuerto sin decir nada. La tensión es más fuerte en él. Yo me escudo en mi barriga, me da tranquilidad y me envalentona. Conduzco con calma, suavemente. Mis movimientos son de goma elástica, cuidadosos. Temo que la brusquedad despierte a la fiera.

—¿Por qué? —pregunta Calen. Deja la maleta en el dormitorio y a mí en el salón.

—¡Calen, por favor! —digo.

—¿Por favor? Es mejor que no pregunte, que no haga reproches, que lo deje pasar... Eso te gustaría, ¿no? ¡Es lo que haces tú!, pero no está bien, Ari. No está bien.

—¡Castígame, si quieres! ¿Qué puedo hacer o decir para remediar lo que no tiene remedio?

—¿Madurar?, ¿dejar de pensar en ti, en tus necesidades, en tus caprichos, pensar un poquito, sólo un poquito, en los demás?

Me castiga sin hablarme, sin tocarme, sin mirarme. Me hace el vacío durante tres días y tres noches. Lleno parte de ese espacio-tiempo pensando en el futuro. El presente lo vivo distraída. Con el paso de los años, el vacío que traemos con nosotros a la vida debe menguar, conforme nos situamos en el meridiano que nos pertenece se debe completar; a mí el vacío me crece.

Tengo un parto difícil. Cada empujón me duele como si me partieran en dos. Doy a luz a Jaime. Largo, flaco y peludo. Un ser que me enamora. Un hijo que se engendra porque él quiere. Tiene una misión que cumplir y nace. Un acto de amor, de sexo con amor, entre su padre y yo. A veces pasa, supongo. A veces los hijos unen, creo. Nosotros comenzamos una familia, una continuidad que me satisface.

Me ocupo de Jaime como una madre entregada, cariñosa. Calen me sobrepasa, tanto que ocupa mi lugar. Cuando le retiro la teta, el niño se inclina hacia su padre. Retomo los quehaceres diarios y ocupo el tiempo que destinaba a su crianza. Retomo el trabajo y las pastillas. Me gusta la nueva psiquiatra, es una pena que sea la sustituta del "sieso".

El vivero me engancha. Continúa la obsesión. Otu Iti ha desaparecido. Calen me entrega una caja con pertenencias de mi amigo, aunque dice que son regalos. No tengo curiosidad por saber su contenido. Todavía no. La dejo descansar en la cripta de casa, junto a mis otros muertos. La sensación de pérdida de mi joven amigo es diferente a las anteriores. No lloro a Otu. No he visto su cuerpo yacente. Nadie ocupa ese espacio clandestino.

La desaparición. Un luto inhumano. Ocultamiento, silencio, miedo, ruptura, olvido. Es el No. No hay vida, no hay cuerpo, no hay tumba, no hay duelo. El tiempo pasa sin ánimo, sin lucha. Otra vez dando tumbos para transformarme, para ser otra, a golpetazos con la vida. Otu ha desaparecido. "¿Comprendes?". No, no comprendo. Otu es la no vida y la no muerte. No existe; porque existir es ser. Ser hombre o mujer, ser joven o viejo, ser abrazado, besado, querido u odiado.

Después de mucho tiempo, insisto a Calen para que me cuente, qué sabe del destino de Otu. Quiero que me hable de la búsqueda.

—Mejor que no vinieras conmigo —dice Calen.

—...

—He perdido mi cotidianeidad en la Isla. Siento angustia emocional, dolor físico, si cabe. Ari, necesito que vuelvas, que entierres definitivamente a Otu, ¡necesito recuperar mi vida!

Calen también sufre. Indagación yerma, sin fruto. La negación de la muerte se desvanece.

—Dices que en la Isla lloraron su muerte. ¿Tú lo crees?, aunque las ancianas dicen que no es definitivo, ¿no?

—Lo es, Ari. No tenemos cuerpo que enterrar pero no somos culpables de eso.

—Si no tenemos un cuerpo al que llorar, ¿cuál es la línea que separa la vida de la muerte?

—¡No lo sé Ari! No soy tan profundo o tan filosófico como tú. Seguramente se tiró al mar.

—¿Al mar? ¿Cómo me puedes decir eso?

—Ari, no sé qué decirte, ya está. ¿Podemos dejar a Otu que descanse? ¿Podemos descansar nosotros de él? ¿Serás capaz de vivir sin esa obsesión?

Sentados en la cama, como dos muñecos colocados sobre los almohadones, miramos al frente, Calen al futuro, yo al presente. Intento disimular los ojos de *moai* que se reflejan en el espejo. ¿Seré capaz?

—Creo que seré capaz. Lo voy a intentar, Calen. Lo conseguiré.

—Podrías abrir la caja de los regalos, tal vez nos ayude.

—Puede.

No abro la caja porque tengo miedo. Todo está inmóvil: la tristeza, el dolor, la ira, la incertidumbre, la culpa, la angustia, la ansiedad, la depresión. El vacío sigue. Sólo el tiempo y el espacio continúan. Yo los congelo en mi interior. Mí conmigo.

Jaime crece. Es un ser enternecedor. En la guardería dicen que es retraído, aunque no insociable; dicen que es introvertido, tímido, pero no inseguro. Simplemente es Jaime. Calen y yo comenzamos una vida llena de normalidad. Las sesiones se reducen a una vez al mes, las pastillas a una al día.

Mi padre se retira parcialmente. Se traslada a La Ribera. En la maleta lleva algo más que ropa de verano. Ya no saldrá de allí.

—No te dejo sola, Ari. Tienes una familia que cuidar. ¡Nos vemos en vacaciones!

Sé cuánto me quiere, sabe cuánto le quiero. Ya está.

Cualquier día puedo tener un accidente, como mamá. Conduzco planificando tareas del trabajo, de la familia, incluso mías. En el coche tengo tiempo hasta de pensar en mí. He dejado otra yo en mi cachito de paraíso. Difícil binomio, dinero y amor. ¿Felicidad? Palabra infernal, porque con sólo pensarla te frustras; concepto difuso de definir, sin objeto ni sujeto conocido. Autómata consciente de su falta, cada día elevo más y más el alcance de mi plenitud, de modo que cada segundo de tiempo estiro y estiro el alma, como si fuera de goma, para no conformarme nunca, para seguir enredada en buscar algo más grande, más profundo, más placentero o más divino. Cierto que hallo un bienestar que rehago diariamente, identifico felicidad y plenitud de un momento concreto, la satisfacción en cada acto singular, y me resigno o no. El resultado es gradual y diferente. Me provoca la lluvia y el sol, el beso vespertino y el abrazo del anochecer. Me regodeo en mi vida vivida y me place, en distintos porcentajes que no dependen de mí pero que puedo manipular a mi antojo. Conseguir un estado inmaterial pleno es mi felicidad, por ende, mi meta. Si es cierto que una parte de la felicidad se hereda, el esfuerzo será eterno; los míos no me lo han puesto fácil. Si mi felicidad es la de mis hijos, aún los no nacidos, también dependo de mis herederos, algo de nuevo incontrolable e infinito. Cuánto esfuerzo. ¡Cuánta energía acumulada en un solo individuo para las generaciones, las de antes y las de después! Una sola palabra me hace cautiva.

En el paralelo Notable de la vida estoy y me gusto. Me gusto y me quiero. A ratos me recuerdo en mi madre, preciosa maestra de olores, aprendiz de vida. Abandono su tierno cuerpo entre colores fugaces y verdes inciertos. Concedo su alma encendida a las manos fuertes y a los pies descalzos de Otu Iti. Esos pies, ramas de la mismísima tierra, llaman mi atención y me pregunto y me hablo de ellos. Ahora el Manavai es mío; es agua de vida que corretea entre senderos atávicos, hijos y hermanos de aquellos cielos olvidados, heredero de la santísima Madre de la creación. Absoluta pureza de ojos silenciosos, de almas circundantes que me confía. En el vivero, soy Ara, *el camino lejos del lugar, Ara Roa Rakei*. Soy fuerte y soy tierna, soy roca y soy viento. Ara es un regalo que me concedo. Ari es espíritu de mujer de pelo de oro y ojos de piedra; sólo eso en este preciso momento. Cambio y soy renombrada. Está escrito. Otu me lo ha dicho.

Enmudece la voz melancólica de Billie Holiday (*All of me | Why not take all of me*) y me saluda la voz ronca de un cliente. Es Emilio Paniagua.

—Buenos días, Emilio. Sí, ayer estuve en tu casa.

— ...

—Todo bien. Algo me comentó tu hijo.

— ...

—Claro, en Agosto irá Idoya. Sí, es encantadora.

—Estupendo, Emilio. Gracias. Disfruta las vacaciones. Un abrazo, adiós.

El blues retoma su vaivén.

El trabajo consigue una rutina automática, me relaciona con los ajenos, me gratifica porque me descansa el pensamiento continuado de lo importante. Saludo, hablo, sonrío, pacto y me retiro, amable y serena. Les satisfago y les olvido. Entro en casa y recluyo esa parte de mí hasta el siguiente día. Así me acerco a la treintena.

De regreso a Manavai, el semáforo rojo me sugiere que cambie de música, elijo a *Bruce*. Sensaciones de juventud llenan mis ojos, tras ellos, imágenes de conciertos al anochecer, besos de verano y hambre de placer. Supongo el alma de mi madre como la mía. Ella tenía mi edad. Suena *Loose Change: I pour another drink, wait for the night to get through. Stars are burning in that black void so far away and blue...*

Lágrimas añejas de amor consumido caen sobre mi vestido. A lo lejos oigo un claxon que me chilla.

But red just goes to green and green goes red and then. Then all I hear's the clock on the dash tick-tocking.

Me quedo clavada. Un golpe enorme me deja sin respiración. Siento que las costillas me abren el pecho. Desconocidos asoman por los cristales de las ventanillas y alguien abre mi puerta.

—¿Se encuentra bien? —Me mira la voz que desengancha el cinturón que me amarra al asiento y retiene mi vida.

Tengo las manos agarradas como escarpias al cuero duro, redondo, negro. Creo que si las suelto, caigo desde una altura inmensa en la que el coche se bambolea unido a la tierra por un hilo frágil como el algodón. Me retiran con esfuerzo los brazos del volante, un trabajo forzado al que opongo resistencia con los ojos "¡Me caigo!" quiero gritarles y veo como la oscuridad se hace y me da miedo. Manipulan mi cuerpo. Cierro los ojos.

Voces del más allá me hablan.

—¿Cómo se llama?, ¿cuál es su nombre?, ¿recuerda cómo se llama? —Es una joven que me golpea suave las mejillas. Debe ser algo mayor que yo, seguramente con el pelo castaño y algunas pecas en la cara.

Mueven mis piernas y me sujetan por la cintura y el pecho con dolor. Me arrebatan del coche, me tumban sobre algo frío, oscuro y frío. Las voces me toquetean y me pinchan. No quiero abrir los ojos, tengo mucho miedo. Ruidos lejanos de bocinas y motores rabiosos me rodean. Palabras graves me calman y me salvaguardan. Es un hombre. —Tranquila, respire tranquila—. La sirena de la ambulancia acrecienta mi desasosiego y mi temor. Noto las manos de la chica joven sobre mi cara, me mueve la cabeza y me enfunda una máscara de oxígeno. El aire demasiado limpio me adormece. Pienso en Calen, ¡Calen!

—¿Quieres que me quede contigo esta noche? —dice Calen.

—No es necesario —digo—, prefiero que estés en casa, con el niño.

Le tiendo mi mano que él besa con ternura infinita. Me quiere y me quiere bien. Puedo afirmar que daría su vida por mí. Si lo pienso al contrario, se me encoje el ombligo; dejo aparcada esta idea porque me desasosiega la duda. Sé que mi amor es legítimo o bueno, mi cuerpo le quiere y también mi alma, porque amo lo bello y Calen es belleza absoluta. Su amor por mí es platónico y agustiniano, el mío por él es casi freudiano. Me atrae su belleza y me enamora. En él contemplo lo ideal y lo eterno. No el sacrificio. Es mi instinto de vida, pulsiones de conservación y placer sexual que me atraen y se oponen al instinto de la muerte, de la destrucción. Es la tendencia a regresar al estado inorgánico e inanimado, es parte de mi plenitud.

—¡Calen! —Digo su nombre que se escapa sin permiso de mi boca.

En casa todo es más fácil. Me recupero con las caricias de los míos. Jaime, tristón y ambulante alrededor mío, se acerca pero no llega, vergonzoso de una niñez masculina recién adquirida. Conmigo se esconde el hombre que lleva dentro, supongo que los varones son así o no. A momentos quisiera mecerse entre mis brazos, acunarse contra mi pecho; viene hasta mí tímidamente, y me mira con carencia y con deseo. Alargo las manos para llamarle a mi lado y se revuelve rezongando hasta que se vence definitivo en mi seno.

—¡Mami, mami! —dice, suavemente pegadito a mí—. ¿Te duele?

—¡Oh, qué imagen tan tierna! —dice Calen—. ¡El bebito quiere mimos!

El marido y el padre se reclinan ante la imagen de su "Piedad". Jaime y yo somos suyos. Calen nos abarca con sus largos brazos, nos protege.

—¡Por cierto! Ha telefoneado Marina. Viene esta tarde. ¡Tu tía quiere verte!

—¡Oh, no! —digo— ¿qué quiere esta vez?

Yo no soy mi madre. Mabel murió. Marina no es mi hermana, no pertenece a mi clan. ¡No la quiero cerca de mí! Enseguida me arrepiento de lo que pienso. Mamá me miraría con ojos asesinos. Sus palabras justas e impecables me desarmarían hasta hacerme llorar (ahora lloro poco). Tendida en la cama, cuando ella supo que iba a morir, reclamó mi presencia. He jurado a mi madre que cuidaría de su hermana. "Mi hermana es tu hermana" me dijo; tema zanjado.

Cuando suena el timbre me recoloco en el sillón. Es Marina que irrumpe con su voz de quisquilla.

—¡Ay, cariño! —dice—, Bueno, ¡ya estás en casa! Verás qué pronto te pones buena. Yo me encargo. —Me besuquea por toda la cara—. Es que el tráfico de Madrid es asqueroso, y la gente conduce como loca, ¡siempre con prisas! Eso es lo que pasa. ¡A esta ciudad le va a dar un infarto!

—Marina, ¿te apetece un café, un té? —pregunta Calen, que entra con Jaime de la mano.

—No, gracias. Un vasito de agua fresca es suficiente.

Marina se levanta como un huracán y llena a mi hijo de abrazos y mordisquillos. Jaime se queda inmóvil. Asustado y tímido, se deshace de las manos que le oprimen y corre hacia mí. Su velocidad choca en mis costillas y un lamento sale de mi boca. El gesto de mi dolor confunde al niño, huye hacia su padre y frena con la cabeza en la entrepierna de Calen. La jarra de agua y el vaso resbalan de la bandeja que Calen sujeta con las manos, golpea la frente de Jaime y cae al suelo una estruendosa explosión de cristales mojados.

—¡Por Dios, Calen! —dice Marina— ¡Tienes las manos de chicle! ¡Mira la que has liado! —Mi tía corre al rescate de Jaime, le levanta del suelo y en volandas lo sienta en el sillón.

El niño llora de susto. Mojado, busca con los ojos despavoridos a sus progenitores. La escena es cómica, pero imprevista en la mente de Jaime, que desconoce la correlación de la ley causa y efecto. La rebelión ruidosa del agua; su cuerpecito refugiado en las piernas de su padre es levantado por los aires; las voces y gestos descompuestos de Marina; la pasmosa inmovilidad de sus padres; supongo que todo es incomprensible y sorprendente en la mente de un niño de dos años. Calen recoge el desastre del suelo mientras Marina intenta calmar a Jaime que por instantes eleva el tono de su llanto en gritos. Puedo distinguir su campanilla vibrando desde mi sillón.

—Marina, tráeme al niño, por favor — digo.

—Te puede hacer daño sin querer. Además, deberías estar en la cama, inmovilizada, así no te vas a curar las fracturas. ¡Tú descansa! ¡Déjale que llore!

—¡Es que si llora de ese modo, no puedo descansar!

—El llanto de los niños nos pone nerviosos, pero a veces es bueno que lloren, ¡ensancha sus pulmones!

—¿Pero qué tonterías dices? ¡Marina, dame a mi hijo! —Mi inquietud aumenta ante la imposibilidad de levantarme a por él.

—No. Calen acaba de secar el suelo. Lo recoge él.

Si tuviera una pistola en la mano le dispararía sin dudar. Marina puede conmigo. Me agota. "¡Igual que Mina!". Ese pensamiento inesperado me hace callar. Me doy por vencida. Marina adquiere gradualmente el genio de su madre conforme pasa el tiempo. No es igual que la abuela, pero se va pareciendo mucho a ella. La cabezonería insistente, sin ninguna lógica, y el amor por el dinero, inagotable. Marina busca la tranquilidad de espíritu o su felicidad, como todos. Ella la encuentra en el dinero.

—Ari, ¿sabes que tienes mucho de Mabel? Me recuerdas a mi hermana en cada momento. Si no te miro, creo que eres ella.

—¡Gracias!, supongo que es un cumplido.

—Lo es. Mi hermana era la mejor amiga, la única; una mujer inigualable.

—Sí, una mujer con mayúsculas. En todos los sentidos. ¡Sí que me gustaría ser como ella!

Marina se hace vieja. Es más joven que mi madre, pero adquiere inconfundibles aires de anciana. Parece un personaje surrealista y rocambolesco, de una película de Buñuel. Repintada, repeinada. Todo es afectación trasnochada, en blanco y negro.

Jaime llora a intervalos, cuando le viene el hipo del berrinche. Se ha recostado en el sofá y dormido por el sofoco. Calen se sienta a su lado. Marina y yo quedamos en silencio.

—¿He interrumpido algo? —dice Calen

—Nada —dice Marina—, me marcho ya.

—Una visita corta —dice Calen.

—Sí, ya volveré otro día —Marina se incorpora, coge su bolso de la mesa y se acerca para despedirse—. Arí, tengo que hablar contigo, hija.

—Dime —digo.

—Otro día. Es sobre el tema de la herencia, aún quedan flecos sueltos.

—Está bien. Tú me dices cuándo —digo.

—Sí. Te llamo —dice. —¡Cuídate, Ari, sólo te tengo a ti!

¡Qué cosas! Marina se marcha, me descansa el espíritu, la sangre me fluye con calma, los músculos se destensan. Pero me queda un sabor agrio en la boca, se me entristece el corazón ¡Puta herencia!

Comprendo lo que significa ser familia. ¡Mamá lo dijo tantas veces! La sangre importa. A veces presiento que soy ella, que su espíritu se ha instalado en mí y no soy la yo de antes, ahora soy mezcla de madre e hija. Debo cuidar de Marina, como si fuera mi madre. Marina se pierde en busca de sus orígenes, escarbando en el pasado. Por eso, discutimos a menudo. Su pasado no es el mío y me agota.

El tiempo me ha dicho: el amor filial no es el más generoso de todos, es el que menos te da y más te pide. No tengo a mi hermano. Mi hijo heredó su nombre, sólo me queda eso. Le puedo recordar en cada gesto, en lo que no hemos compartido, cada momento no vivido que malgastamos pensando que el tiempo era infinito. No sé qué clase de hombre será mi hijo; no sé si se parecerá a mi hermano, no le conocí bien. Jaime se marchó y no pudimos ser hermanos el tiempo necesario para guardarnos secretos, para ser cómplices de algo sólo de los dos. Los recuerdos que me dejó son pequeños y pueriles, aunque me sacan una sonrisa, una añoranza que enseguida me conduce hasta mi madre, nada más. Jaime vivió a mi lado, hoy no es más que una ilustración de la infancia. Aun así, le quiero. Cosas de la sangre.

Calen se lleva a Jaime al parque para que yo descanse. No estoy cansada, ¡estoy harta! La inactividad me consume. Me duele el culo de estar sentada. La lectura me estraga, obligada a ella, no la disfruto. ¡Ni siquiera puedo ir sola a mear!

Una enfermera seca y cejijunta me quita los vendajes. Parece que mis costillas y demás partes fracturadas han vuelto a su sitio en buenas condiciones. El traumatólogo me despide de la consulta, dice que haga vida normal pero con cautela. Calen me anima a retomar el vivero pero con calma. De momento, obedezco a los dos.

Sueño con Otu. Su presencia onírica es cada vez más real. Hablamos y nos tocamos. Los lugares de la Isla no se han perdido en mi memoria. Otu regresa conmigo. Vive en mi tiempo y en mi mundo. Calen dice que hablo con él cuando estoy dormida. No sabe que también lo hago despierta.

Estoy con Otu en *Te Pito Kura* (ombligo de luz). Ancestral piedra de la fertilidad. Dice la leyenda que la piedra fue traída por el primer rey, fundador del pueblo rapanui. Me hace subir al óvalo, como un huevo gigante y aplastado, y agacharme en cuclillas. Él susurra sus palabras extrañas, un canturreo en un idioma más antiguo del que conozco por mi oído, danza alrededor e inclina su cabeza delante de mí. Me cansa la postura y muevo ligeramente las piernas. Otu me ruega que esté tranquila. Hago esfuerzos por mantenerme acoclada, no puedo abstraerme del dolor muscular que tenso para mantener la figura. Una figura cómica que me invita a desprender la mierda que guardan mis tripas. —¡Déjate llevar! —dice Otu—, y posa sus manos en mis hombros, luego en mis rodillas. Al fin descanso el cuerpo en los calcañares y me doblo, con las nalgas a un miserable centímetro del ombligo de luz.

Siento el poder sobrenatural de la roca, la energía magnética que atrae mi centro interior, ocupa mi útero. El *mana* obra en mí la creación.

—Tu hija nace cuando ella decide, si tú la quieres.

—¿Mi hija?

—Estás de buena esperanza, ¿no lo sabes?

—No. No estoy embarazada, creo.

—Tu hija espera.

—¡Yo también la espero! Me veo en el sueño y soy una madre feliz, llena de vida, ¡la vida de una hija! Otu se disipa y lo pierdo entre la bruma del volcán.

Calen llega con Jaime hecho un cirineo. Me da un beso que sabe a tierra sucia.

—Hueles mal —digo a mi hijo, otra vez sustentado en el aire por los brazos inflexibles de su padre.

—¿A caca? —dice. Se ríe de la palabra que pronuncia mientras la baba cae de su boca sobre mi blusa.

Jaime es feliz, pero solo cuando está con Calen o conmigo. Su extrema timidez no me pasa desapercibida. Calen lo rescata de la gravedad y lo lleva a la ducha. Los dos regresan a mí con olor a jabón, en pijama, con una complicidad que a mí no me llega. Acostados le digo a Calen que tal vez esté embarazada.

—¿De verdad? Su cara es casi más feliz que la mía.

—Puede que sí. Lo he soñado.

—¿Pero te has hecho la prueba?

—No. Sólo ha sido un sueño, premonitorio, supongo. Bueno, me lo ha dicho Otu. En realidad he soñado con él.

—¿Otra vez con Otu? ¿Con los dichosos sueños? Ari, prometiste que lo intentarías.

No contesto, me encojo de hombros.

—¿Lo olvidamos? —dice. Mientras me acuesto, Calen se desviste.

—Claro, ya está olvidado. Se fue —digo—. Mañana me hago un test.

No olvido. Lo guardo para mí.

—Por si acaso falla tu sueño, ¿podemos intentarlo ahora?

Me transformo en una mujer más, la que Calen quiere. Descubro la sábana que esconde mi cuerpo. Lo hago poco a poco, guarramente. Quiero excitarle. Enseño un pecho, luego otro, la sábana se desliza y cae sobre la cama.

Exhibo mi sexo y me acaricio lascivamente. Abro indiscretamente los labios y contoneo el culo con un vaivén pecaminoso. Con el dedo en mi boca, le provoco. Mis manos recorren una piel anhelante de deseo, bajan como babosas hasta el pubis y se recrean.

—¡Joder!, sabía que eras un poco rarita cuando te conocí, pero te estás superando con los años!

Calen me enseña su pene erecto, ansioso y poderoso. Juego con ese falo atávico que me penetra y me ensarta como una grandísima puta.

Recibo el miembro de Calen con ganas de placer. Me gusta hacer el amor de repente, sin preámbulos. No hay seguridad en lo que hacemos y como lo hacemos. Instintivo como animales, excitante y sexual, casi violento o moderadamente amoroso, lento, pacíficamente sensual. Siempre pleno. Esta noche es suave, cálido; Calen me cabalga al paso, rítmicamente, con un baile vaginal que me estremece, apenas roza mi cuerpo. Mis pezones hinchados llaman su boca, su lengua, sus besos; mi pubis, como una colina solitaria, espera el choque acompasado que le embiste contra el suyo. ¡Vamos, vamos! Me agarro a la sábana que estrujo en cada envite y el tronco de mi cuerpo se comba como doblado por el diablo. "¡Cuidado —gime Calen— no te hagas daño!". Incontrolable. "Fóllame y calla", contesto entre jadeos. Al final, siempre sale la ramera que llevo dentro.

El psicólogo me da el alta cuando mi barriga sobresale un palmo de las bragas. Tengo algunos sueños con Otu, sobre mi hija. Se lo oculto a Calen. Las cajas de pastillas se apilan en el botiquín. Pueden perjudicar el embarazo. Juro que no volveré a este psicólogo, no quiero ver su cara de estreñido. Si hay una próxima vez será con una mujer. Tema zanjado.

Es un parto sencillo y apresurado. Otu dice que espera el alumbramiento con anhelo; me ayuda a parir, a los pies de la cama, junto a la comadrona, frente a Calen. Sólo yo le veo porque sólo yo le siento. Mi hija se llama Ana, aunque Calen la inscribe en el registro como Ana Ari. Le agradezco el detalle, me suena a rapanui. La llamaría *Vai Heva* (agua mágica), si pudiera. Otu la renombra. Jaime sabe su nombre antes de que la niña nazca. Su padre le enseñó a pronunciar Ana-Ari. Yo le enseñé a quererla. ¡Ana!

La niña tiene prisa por ver este mundo. Aunque su vida no comienza con su nacimiento, sino en el mismo momento de su fecundación. Desde ese preciso instante, Ana-Ari es consciente de sí misma y de su condición de mortal. (No es un razonamiento moral sobre el aborto, eso queda para cada uno). La condición de mortal, ese hecho o acto de nacer a la vida humana, segura como estoy de que hay un antes y un después. El nacimiento como concepto de "venir a ser", la existencia nacida. El hijo, lo que ya era antes de ser; que evoluciona desde donde ya se registraba su conciencia; usurpa un espacio, un lugar arbitrario o elegido, un acto fundacional que origina el acontecimiento de nacer. Se hace humano y se desarrolla, el "decurso de ser", hasta el final de su vida, el "dejar de ser". Tal vez puse demasiada atención leyendo a los griegos y filósofos antiguos. La memoria es traicionera y desobediente. Sólo se acuerda de lo que quiere cuando ella quiere. Caprichosa.

Hacemos una fiesta en el vivero para compartir la alegría que desbordamos por el nacimiento de nuestra hija. Invitamos a los pocos amigos que conservamos –ya se sabe, muchos se quedan por el camino- y a algunos allegados. Los allegados, algo más que conocidos pero menos que amigos, siempre correctos y con una sonrisa disponible. También a Marina, tío Pablo y Sofía. Todo es agradable, divertido. Llevo a mis muertos hasta el Manavai. Este día también les pertenece.

Llegan Emilio y su hijo. No esperaba que vinieran. Me alegro. Se los presento a Calen. Traen un regalo. Es un medallón de oro, con un rostro santo, unas pinceladas suaves sugieren el retrato de una Virgen. Lo cojo en mi mano que me tiembla. Una sacudida de luz, la sangre que corre vertiginosa por mi cuerpo, un pequeño mareo que me hace sentar.

—¿Te encuentras bien? —me preguntan.

—Sí, sí, estoy bien—digo con la vista clavada en la medalla dorada que se incrusta en mi palma. Por un instante creo que veo la imagen del rostro de mi madre.

Emilio hijo me toma el pulso. Demasiadas pulsaciones. —Relájate, descansa—me dice. No se mueve de mi lado. Calen tampoco. A pesar de mi ligero mareo percibo la rivalidad de los dos machos.

Desde el privilegio de mi silla, contemplo a los invitados. Digo a Calen que los atienda, yo me encuentro bien. Calen se marcha dudoso, Emilio, el doctor, se queda sentado a mi lado. Me habla aunque distraigo mi atención, hasta que me dice:

—¿Te gusta el camafeo?

—Sí, gracias —digo—. Es una imagen preciosa. ¿Quién es?

—¿Lo preguntas de verdad?

—No. Es mi madre.

Estoy turbada, pregunto algo que sé a ciencia cierta. Me lo dijo el corazón. Mi impertinencia o altanería quiere doblegar su ego. "Mi madre es la mujer que ama tu padre", ¿eso quiero decirle con mi pobre argucia?

Marina no suelta el vaso y siempre lo tiene lleno. No sé lo que ingiere, pero el bamboleo de sus pasos me asegura que es alcohol. Su risa y sus voces se oyen claramente por encima del ruido social. Algunas cabezas se giran para mirarla.

—Vamos, Marina, ¡no bebas más! —le dice Pablo—, ¡te estás poniendo pesada!

—¡Pesado tú! ¿Qué digo?, plasta, pelmazo, aburrido, ¡un pan sin sal! —dice Marina, a punto de hocicar sobre los canapés de salmón, empuja a su marido, sin fuerza pero con firmeza.

Pablo se tambalea, pero con determinación recoge a su esposa antes de que se desplome sobre los filetitos de roast beef. Sofía y yo acudimos en su auxilio.

—Marina, ¿quieres que te enseñe el jardín pascuence? —digo.

Sus ojos me miran con atención, adivinando quién soy.

—¡Mamá, qué vergüenza! ¡Tenías que dar la nota! —dice Sofía. Mi prima agarra a su madre del brazo y la dirige hasta la recepción.

—Hija, eres tan insulsa como tu padre —dice Marina.

—¡Tú eres la perla, madre! —dice Sofía—, ¡todo el día con el vaso en la mano!

—¿Qué quieres decir, Sofía? —digo.

—Que lleva una temporada que le da a la botella constantemente. Rara es la vez que llego a casa y no está durmiéndola—. Sofía habla con desdén.

¿Qué hago? De momento, me remango la blusa, agarro a Marina y la llevo al manavai. Mi prima sigue nuestros pasos. Engancho la manguera, Sofía sienta a su madre en un banquillo y le sacudo una ducha que no espera. Nos duchamos las tres. Las tres reliquias de la familia: Marina se queja a gritos, Sofía se lamenta y yo me descojono de risa. Una risa miedosa que mantengo mientras cae el agua por la cabeza de Marina. Ordeno a mi prima que traiga una bata limpia del invernadero. Despojamos a Marina de su ropa, parece un pajarillo escaldado.

—¡No llores más! —digo—, ¡vas a mojar también la bata!

—¡Llora, llora! —dice Sofía—, ¿crees que así arreglas algo?

—Déjala Sofía. Cuando esté mejor, habláis en casa —digo.

—¿Hablar?, ¿de qué? ¡No le sacamos palabra!

Los ojos de Sofía comienzan a ponerse rojos. Tiene la lágrima a punto, pero no cae. Marina sigue con la llorera, esconde la cara entre las manos, al poco suspira.

—Está bien. Sofía, llevad a casa a tu madre —digo—. Nos llamamos esta semana. Hablaremos con calma de esto.

Marina asiente con la cabeza. Sofía, alterada, me dice: —¿Tú vas a arreglar esto? ¿Ahora eres la matriarca? ¡No eres tu madre, ya quisieras ser como Mabel! ¿Qué te importamos a ti?

—¡Claro que me importáis! Ya me dirás por qué piensas eso —digo—. Ahora, marchad a casa.

—¡Nos vamos! —dice Sofía— ¡No queremos estropearte la tarde!

No merece una respuesta y no se la doy.

Los hermanos se regodean en insultos insulsos, se empujan y acaban con un inagotable afrontamiento de injurias celosas. Me ofende la disposición al reproche, me violenta y reniego. Impongo la evitación como conducta, supongo que errónea pero efectiva. Rivalidad impía que me duele dentro de las mismas costillas. Castigo ese sentimiento fuera de mí, no quiero que lo vean mis ojos. No lo comprendo y no lo comparto. Mabel, la mayor, una madre. No sé si por necesidad, por genética o por arrogancia propia, lo era; incluso cuando aún no conocía su significado. Hubiera querido ser hermana de hermanos; si recuerdo con intención, tal vez lo fue por momentos. Su concepto del amor no contemplaba a un Caín ni a un Abel. En este sentido, soy francesa pero ecuánime: igualdad de intensidad, graduación de tratamiento. Pienso en ella desde que me recuerdo, y acuden a mi memoria resquicios de lo peor.

Las maldiciones que los hijos se confieren desarman la gravidez natural que habita en la madre. Madre y no hija, Mabel nunca lo fue, ni cuando era amamantada.s Sus progenitores la engendraron para eso: madre de madre, madre de hermanos, madre de hijos. Su padre nunca le perteneció, era sólo de Mina, y Mabel, casualmente creo, fruto de su amor. Mi abuela me entregó el testigo de las mujeres del clan, luego mi madre me obligó. Es mi misión. Antes no lo comprendía.

Observo que Calen madruga más de lo habitual. También regresa más tarde. Tiene una investigación entre manos, un estudio importante. Le concedo lo que necesita, tiempo. Los niños van a la escuela. Yo retomo el trabajo con entusiasmo y ganas de futuro. El vivero intermitente. Se moría a ratos, abandonado con cada tragedia. El manavai requiere continuidad, sus especies delicadas sufren de los contratiempos drásticamente. Mi vida también. Le doy vida y sigo el camino de madre.

Dos días después del festejo en el vivero, me telefonea Emilio hijo.

—Buenos días, Ari, soy Emilio... —breves sonidos—, el hijo de Emilio Valdeleón.

—Hola Emilio, ¿qué tal?

—Yo muy bien. Sólo quería interesarme por tu salud, el mareo del otro día....

Su tono dubitativo e inseguro denota rubor y azoramiento.

—Gracias, pero no fue nada. Ya viste que se me pasó enseguida.

—¿La emoción por el camafeo?

—Puede.

—Ari, no quiero importunarte. Si necesitas algo...

—Eres muy amable. Gracias por llamar.

Estoy a punto de colgar y escucho su aún en el teléfono.

—¿Nos veremos pronto?

—¿Cómo?

—Tienes que venir a casa..., por el jardín.

—¡Claro, el jardín! Sí, nos veremos pronto. Adiós.

—Adiós, Ari.

Quedo con Marina en su casa. Por teléfono denota agotamiento. Cuando me abre la puerta, su visión es esperpéntica. Sin peinar, sin vestir, sin ganas. Le falta maquillaje y algo más. Preparo café en su cocina. Marina está serena. Desde el día de la fiesta no ha probado ni un vasito de vino. Dice que desde la noche del oscuro secreto se cobija en la bebida.

»Nunca he envidiado a mi hermana, ¡jamás! Creo firmemente que merecía que la vida le gratificara. Unos hijos queribles y queridos, un marido amante esposo y padre. Ya sabes, todo lo que yo no tengo. Eres su heredera. No eres como ella, pero eres lo único que me queda de ella.

No supero mi bastardía. Mabel siempre me ayudaba a vivir, sola voy muriendo. Sé lo que soy y lo que no. Soy simple pero no tonta. Pensáis que soy poca cosa, no veis nada digno en mí. Es cierto, no quiero problemas en mi vida, me gusta el dinero porque me hace la vida fácil. En realidad no aporto. Nada a nadie. Para Mabel, sí tenía valor, le importaba, me quería y me lo demostraba. Sin ella no valgo nada. Mi matrimonio es un adorno y mi hija una flor en miniatura a la que de vez en cuando hay que cambiarle el agua. ¡Damos pena!»

—Marina, ¡no seas tan cruel! —digo. Me levanto de la mesa, doy una vuelta alrededor y apuro de un sorbo los posos del café. Acaricio las manos de Marina, pecosas, venosas, tendidas sobre la mesa, con los dedos abiertos y estirados, como si le fueran a hacer la manicura.

»Tú y yo compartimos un secreto. Ari, quiero que compartamos otras cosas que nos hagan felices. Junto a tu madre, ¡mi Mabel!, tomé la decisión de aceptar la herencia del coronel y la de su esposa. Es mucho dinero, pero no el suficiente para la desgracia que causó. Destrozó la felicidad de mi madre y la mía, arrastró a toda la familia. La herencia es su fianza, pero no mi castigo. Me lo dijo Mabel; y vamos a servirnos de ella, Alex, tú y yo. Hice mi prueba de ADN. ¡Ya ves, para confirmar que soy la hija del coronel! Ya soy su heredera. ¡Me cago en el coronel y en todos sus muertos!, que son los míos. (Las palabras arden en su boca). El abuelo Esteban es mi padre, mi único padre».

—Quiero que aceptes los bienes que te doy.

—Marina, a mí no me pertenecen.

—No, le pertenecen a tu madre, y tú eres su heredera.

—Marina..., no puedo, de verdad. ¡Vamos, que no quiero!

—Lo decidimos así tu madre y yo. Ari, nos pertenece a todos, ¿no entiendes? ¡Ese hijo de puta nos cambió la vida a todos!

—¿Puedo ceder mi parte a Sofía?

—No. No puedes.

Conformo mi pregunta y mi respuesta con un movimiento automático y habitual: me encojo de hombros. No sé si Marina está despejada o está totalmente alienada. Sencillamente me turba.

—Sofía se va a vivir con su novia. ¡Tiene novia!

Mi familia no agota las sorpresas. —¿Y?

—¡Que es gay, homosexual!

—Me estás diciendo que Sofía es lesbiana, ¿y?

—Nada. Si te digo lo que pienso, no me llames retrógrada. Soy como soy, aunque no soy como quisiera.

»La verdad es que algo intuía. Cómo mira a algunas chicas, incluso cómo te observa a ti, sus gustos, sus maneras, sus pensamientos confesados. Me lo estaba mostrando y yo no lo veía. Lleva saliendo con esta chica casi un año y me lo dice abiertamente porque se va de casa. Se va con ella. Tenía la esperanza de que, a pesar de eso, siguiera adelante, se casara y tuviera hijos. ¿Qué más le da? Podría buscar a un hombre bueno, un amigo para toda la vida; como su padre y yo. El sexo no es tan importante. Se puede flanquear. La convivencia es definitiva, ahí no tienes escapatoria.

Yo tuve experiencias con chicas ¡En la adolescencia, claro!, y sé que se pasa. Eso se pasa, si quieres. Pero Sofía no quiere, no.

¿Por qué?, ¿Por qué yo soy la distinta, la diferente; por qué me ocurren cosas que no deseo, que aborrezco?»

Invito a Marina a comer fuera. Se resiste a salir. Consigo que se asee y arregle el espantajo de persona invisible que veo sentada frente a mí. Vamos a la Bodega de los Secretos. El nombre, más que idóneo; la comida rica y el servicio agradable, educado y discreto. Me lo descubrió mi madre; iba con Emilio, en la segunda temporada de su relación de sólo amigos.

A Marina le gusta y nos prometemos comer juntas una vez al mes. Más que nunca, sigo los pasos de mi madre. Vamos de compras. Entre traje y traje, en el probador, Marina consigue mi palabra para ir al Notario. Me rindo a su perseverancia y al dolor de cabeza. Pienso que con ese dinero puedo hacer grande el vivero, resucitarlo de una vez por todas. Firmo y quedo en paz.

Una tarde agradable con Marina. Increíble, pero es verdad. Me despido de mi tía con la satisfacción del deber cumplido. Para coronarlo decido ir a buscar a Calen. El Centro de Estudios me acoge con menos bullicio del que esperaba. Su despacho está cerrado. Pregunto al conserje. Callen se ha ido. Cita frustrada. En casa me reciben los niños; la chica que los cuida por las tardes los acaba de subir del parque. Los baño y les doy la cena. Espero a Calen que no llega. Ceno sola viendo la televisión. A punto de acostarme oigo cerrar la puerta.

—He cenado con Anna-Hans —dice.

—¿Y dónde habéis ido?

—A Miki.

—Podías haberme llamado.

—Como te dije que llegaba ayer no se me ocurrió. Nos hemos puesto al corriente de algunas cosas—. Calen, ya desnudo, sale del dormitorio. Oigo abrir y cerrar la nevera. Regresa con un botellín de agua.

—Si me hubieras llamado, me hubiera unido a vosotros —digo— mientras me saco el camisón y me bajo las bragas.

—La próxima vez.

Calen me echa un polvo que no disfruto como suelo, pero me hace dormir bien.

El sexo no es tan importante. Lo definitivo es la convivencia, ahí no tienes escapatoria". Me despierto con las palabras de Marina en el consciente. Analizo el acto de anoche, sin conexión emocional, simple satisfacción del instinto sexual, genitalmente placentera, la fuerza vital de toda vida. ¿Puede ser suficiente? Yo necesito más. Vivo para el sexo con amor, y lo entiendo como mi forma de comunicación plena con la persona que amo. El sexo sin genitalidad, sin sexualidad, sin reproducción; eso ya viene dado. El sexo como el arte de la comunicación más profunda y más íntima. Dar y recibir sexo humaniza. Sin estigmas comunes y corrientes, el sentimiento único de existir. Algunas veces no ocurre así. Anoche no ocurrió.

Calen se va con Anna-Hans. Un seminario, un viaje inoportuno. Yo también hago mi maleta. Una semana de vacaciones a La Ribera. La reconciliación con los secretos que callan las rosas rojas y blancas.

Los niños se portan mejor de lo que espero. Les contemplo por el retrovisor, dormidos o jugando, tocándose las manitas, incluso llorando. Agradezco a Otu que me hiciera madre. Con mis hijos me siento más completa. Seres míos, mi sangre. Eso no me lo quita nadie, ¡ni Dios! Nombro al Creador y me da miedo. Él puede arrebatármelos. Si lo hace, le mato.

Estar con papá es una delicia que físicamente no recordaba. Una fugaz ensoñación de lo que fuimos se hace constancia. La casa revive. El jardín florece. Jaime corretea por todos lados; la novedad le enerva, parece un chinche con párkinson. Ana gatea y descubre lo que puede como puede. Papá ríe, charla indiscriminadamente. Los mimos que me regala me colman otras ausencias. Todo se mitiga cuando llega la noche.

A la hora de dormir, los niños extrañan. Los ruidos son diferentes en las noches de cada casa. Se rinden por el ajetreo novedoso del día. Yo también extraño a Calen. Cuando concilio el sueño, Ana llora. Es propensa a las pesadillas. La acurruco en mi cama y las dos nos sosegamos mutuamente.

Por la mañana, Papá y Jaime están desayunados y listos para ir a Calnegre. Pretenden pescar. Demasiada excursión para Ana y para mí. Hoy es domingo, día de descanso. Regresan con un saco de melones amarillos y un par de pescaditos de morralla, que Jaime me muestra encantado. Su excitación es la del pequeño homo sapiens en su primer día de cazador.

Y a la tercera noche, el jardín resucitó. Resucita sensaciones antiguas. La charla con papá es sosegada. No promete sobresaltos de secretos oscuros.

—¿Eres feliz, Ari? —dice—, en la medida de lo posible, claro.

—Lo soy, papá —digo—, en esa medida.

¿Cuál es la medida de la felicidad?

»Creo que yo soy feliz. Con tu madre lo fui mucho más; muchísimo más. No sé si éramos un matrimonio al uso. Éramos confidentes. Del latín *confidens, -entis*; fiel y seguro, de confianza. Éramos fieles el uno al otro; nunca hubo una mentira, ni piadosa.

Mi vida al lado de Mabel era un bálsamo purificador. No había dolor, todo era limpio y sereno. Las personas como ella cambian el mundo, mejoran la vida de los demás de una manera sutil. Son de tal magnitud que las seguirías sin preguntar a dónde. Mabel era contundente con la vida. Y era serena y era dulce.

Me recreo porque así lo recuerdo, no quiero que su magia se me olvide. Hay noches que necesito su olor. ¿Sabes a qué olía tu madre? A mujer. Su aroma era la mezcla perfecta de todas las flores. Mabel olía a vida, a tierra viva. Estrujaba la esencia.

Ari, tu hueles a luna. La luna es misteriosa, mágica y peligrosa. Tiene esa cara oculta que nadie ve».

—Papá, ¿me quieres decir algo concreto? —digo. —¿Cuál es la pregunta?

—Ari, ¿me tengo que preocupar por ti?

—¡No!—Después de la rotunda negación, dudo un instante. No esperaba esa pregunta.

—Ya no tomas ninguna medicación, ¿no?

—¡Claro que no!

—Está bien, no te ofendas.

—¡Tú lo sabes!, ¿por qué me lo preguntas?

—Yo no soy adivino como tu madre; además, ahora estoy más lejos de ti...

—No te preocupes, papá. Si me ocurriera algo, serás de los primeros en saberlo.

Sólo una sonrisa piadosa. La ironía no llega a sonorizarse en risa.

¿Soy feliz? Poseo lo mejor. La vida, mis hijos, Calen. ¿O no?

A las diez de la noche, suena el móvil. Acabo de cenar y leo *Son más los que mueren de desamor*. Estoy decidida a terminar el libro antes de acostarme, es gordo y no le guardo continuidad. Nunca me había pasado. El impertinente ruido del teléfono me molesta. Es un número desconocido. No descuelgo y sigo leyendo.

Sólo diez páginas más y vuelve a sonar el teléfono. Creo que es el mismo número de hace un rato. Descuelgo.

—Buenas noches, Ari. Soy Emilio.

—Te he reconocido, Emilio hijo. ¿De qué se trata?, porque estoy bien de salud.

—Te vas a reír. —"¡No creo!", pienso—. Tenía que decirte algo y acabo de quedarme en blanco.

"Me parto de risa".

Silencio por su parte, también por la mía.

"¡Ay que joderse!".

—¡Ya está! ¡Son los geranios!

—¿Qué les pasa a los geranios?

—¡Que se le han caído las flores, todas por el suelo!

—Bueno, yo no estoy en Madrid, mañana le paso el recado a Idoya. Ahora es tarde, Emilio. ¡Buenas noches!

—¡No! Creo que pueden esperar a tu regreso, Ari! No hace falta que venga Idoya.

—Adiós Emilio.

¿Los geranios? ¡Menuda idiotez! Cierro la historia que cuenta *Kenneth* y me meto en la cama. ¡Este libro tiene gafe! Creo que la última palabra que pienso antes de cerrar los ojos es "¡geranios!".

El teléfono vibra, suena y se ilumina en la mesita de noche.

—¿Ari? —Es la voz de Calen, desde otro continente.

—¡Quién si no!

—¿Te pasa algo?

—No, Calen. Aquí son las dos de la madrugada. Estaba dormida. —No es cierto.

—Bueno, aquí nos hemos liado un poco. ¿Cómo estás?, ¿y los niños?

—Estamos bien. ¿Qué tal van las exposiciones?

—De momento nada que reseñar. Más de lo mismo.

—¿Cuándo haces la presentación?

—El miércoles; pasado mañana.

—¿Tienes buenas expectativas?

—Las tengo. Soy buenísimo, ¿lo dudas?

Sí, dudo. Dudo de todo.

—Bien, Calen. Charlamos mañana. Llama más temprano, si puedes.

—Lo intentaré; espero que no se me olvide. Mañana tenemos una cena...

—¡Buenas noches, Calen!

—Adiós, Ari.

Deseo que no se le olvide. La conversación ha disipado todo rastro de sueño. Le ensueño erecto. Mi cuerpo le desea, mi razón no. Me conformo con darme placer. Uso las manos y la imaginación. Después del breve orgasmo acudo al orfidal para dormir. Los sonidos de la casa me inquietan y complican el descanso. Recuerdo. Imagino. Invento.

Mi padre tiene a los niños preparados para un día de playa. Me levanto tarde, pegajosa y pasmada. La playa con los niños y papá, puede ser un pequeño tormento. Imposible arrancar el cubito y la pala de las manos de Ana; imposible borrar el mar de los ojos de Jaime. Una ducha de agua fría me baja hasta los pies la calentura mental. Me doy dos horas entre arena y sal, no puedo con más.

Calen no se olvida de llamarme. Lo hace todos los días a las once en punto de la noche.

La impedimenta crece. Siempre ocurre en los viajes de regreso; la carga es mayor a la vuelta que en la ida, aunque sea idéntica en peso, el volumen cambia de forma y nada encaja igual. Papá introduce los últimos bultos en el asiento del copiloto. Comprueba que los niños van amarrados a sus sillas, me abraza y me susurra un "te quiero, hija".

—¡Conduce con cuidado, Ari!

Siempre se dice lo mismo. Es el adiós de los viajes. Papá da unas palmadas en la puerta del coche para que arranque. Los niños agitan las manos y tiran besos al abuelo.

El regreso a casa se hace necesario pero penoso. Saber qué Calen no está hace el viaje más largo. Llego sin ganas de deshacer maletas. Encargo cena para Jaime y para mí. La cama me espera vacía y me conformo hasta me llama Calen. Su voz es cantarina y me contagia.

—¿Irás a buscarme al aeropuerto? —dice. —Sabe que iré.

Inoportunamente llama Marina.

—Ari, tienes que quedar con Sofía —dice—, hablar con ella. —

—¿Hablar con Sofía?

—La discusión ha sido espantosa. Una pelea en toda regla, con insultos y todo.

—Marina, Sofía y yo no hablamos. Creo que la última vez que hicimos algo juntas fue un castillo de arena en la playa, ¿entiendes?

—¡Por Dios, Ari! ¡Échame una mano!

Me cuesta una voluntad que no tengo hablar con Sofía. ¿Qué piensa de mí? Mi opinión sobre ella siempre me la he reservado. Sofía está, simplemente existe. Para dar un sopapo a mi incredulidad, Sofía acepta la cita encantada. A pesar del calor quedamos en la terraza de un Starbuks. Llego demasiado pronto. Espero de pie, no hay mesa libre. Intranquila, no sé cómo hablar con mi prima. Estúpida, por acceder a intervenir en algo que no me incumbe. Soplagaitas, porque me tiro en plancha hacia una pareja que piden la cuenta para marcharse. Me caigo de rodillas ante ellos. Es tragicómico. Yo arrodillada, me hago daño en el huesillo de la risa; ellos sorprendidos, me recogen del suelo y esconden la carcajada en leves palabras de consuelo e interés. Hacen lo que pueden hasta que me siento. Sé que se ríen abiertamente cuando pagan y me dan la espalda. Los de la mesa de al lado me miran de reojo. Espero a que llegue Sofía para entrar a pedir. ¡Después de todo no voy a perder la mesa!

Sofía llega acompañada. Supongo que es su novia. O no. Sinceramente, me agrada. La chica pasa cinco minutos con nosotras y se marcha sin tomarse un café. Mientras Sofía pide yo me preparo. No sé para qué, pero dejo la mente abierta a lo que surja. No quiero conducir la conversación, aunque si pienso en Marina, ¿para qué coño estoy aquí entonces?

Sofía me sorprende.

—Te agradezco la cita —dice. Su mirada es clara—. Somos las únicas de la familia que no tenemos trato. No sabemos nada la una de la otra.

—Es cierto. De pequeñas lo pasábamos bien. No sé qué nos ha pasado.

—Nada. No nos importamos.

—No digas eso Sofía. Sí nos importamos.

—¿En la distancia?

—Llevas razón. Entonces nos importamos algo, aunque sea un poco.

Me río de mi gracia que no la tiene. Me molesta la verdad.

Sofía fuerza una sonrisa, en una mueca irónica pero desenfadada.

»Ari, tu y yo, no tenemos nada en común. Lo único que nos une es que somos familia. Y eso es forzado. A mí, la sangre no me importa como a ti, como a mi madre o a la tuya, como a la abuela. Yo no pertenezco a vuestro círculo sagrado. Es algo que no me importa y tampoco lo deseo.

Mi vida discurre por el mismo canal, la familia, un río de agua. Todos los cursos de agua presentan unos giros sospechosos, requiebros caprichosos del líquido cristalino y primario. Los meandros, esas formas sinuosas en el curso de los ríos, que deberían encontrarse para volver al cauce madre, reconducirse y fluir unidos, rara vez lo consiguen. El agua no corre igual por todo su cauce, generalmente se encuentra con algún obstáculo que tuerce su camino; el agua que es la vida deja de fluir con la misma intensidad, se relaja y descansa la intensidad incolora en una de sus orillas, deposita los sedimentos que arrastraba e incluso se emponzoña. En la otra orilla, el agua recobra su fuerza, empuja y alcanza mayor velocidad, también aumenta la erosión que excava en la orilla y dibuja una forma cóncava. La orilla de agua mansa es una pared de residuos convexa. Ambos lados del río no están destinados a encontrarse. El resultado puede ser un bonito remanso, pero es difícil que ocurra.»

Uf, ¡vaya charla!

—Creo que pillas la metáfora —dice.

—La entiendo, sí —digo—, ¿pero qué orilla somos cada una?

—Creo que no quieres que te conteste.

—En cualquier caso, los meandros acompañan al río hasta la desembocadura.

—Touché. Pero de momento una está en la zona cóncava y otra en la convexa.

—¿Quieres tomar algo más? —digo para salir de "tablas"—. ¡Yo voy a pedir una magdalena con otro café!

»Mi madre se preocupa porque cree que soy lesbiana. Debiera preocuparse porque fuera feliz. No soy lesbiana, me gusta la belleza, en el hombre y en la mujer. He tenido sexo con hombres y con mujeres, y no es lo que más me interesa. Me importan las relaciones, y mi autonomía. Resulta que en ese sentido, las mujeres y los hombres somos iguales. Posesivos y alienantes. Las relaciones lésbicas pueden ser tan opresivas como las heterosexuales, lo digo desde el conocimiento. Busco una vinculación igualitaria y liberadora. Eso no es fácil. El peso de la sociedad patriarcal pesa igual en muchas relaciones homosexuales, aunque poco a poco esto va cambiando. La igualdad se impone en la convivencia, sea compartida bajo un mismo techo o no.

No sé si soy lesbiana, Ari. Soy feminista. Mi lucha no me avoca a un determinado género; mi guerra es contra la heteronorma, la ideología conyugalista y natalista de la feminidad. La norma aún sigue sospechando de la mujer que vive sola, que no tiene hijos, o que comparte vida con otra mujer que no sea su hermana o su madre. Y te hablo de la mujer adulta. A la juventud parece que se le excusa casi todo.

El feminismo es la disidencia a la norma establecida, sea cultural, social o sexual. Las mujeres tenemos a nuestras espaldas una historia demasiado larga de atrocidades a nuestro género. ¡Eso es lo que no es natural! No el hecho de parir o no, no el sentimiento amoroso-sexual hacia otra mujer. Cómo no vamos a desconfiar de las estructuras sociales y políticas diseñadas por los varones para mantenernos subordinadas y alejadas de la comunidad; esa comunidad que ha puesto a la mujer a su servicio, al de los hijos, y por ende, al del grupo, al del Estado.

Sinceramente, ¿crees que mi madre me puede comprender? Es más fácil pensar que soy lesbiana y llevarse las manos a la cabeza. De todos modos, ¿y si lo fuera? Mi madre está subyugada a la ley "natural" de esta sociedad dominada por los hombres. Yo me rijo por la ley de la igualdad. ¿Es tan raro de entender? »

—No, en realidad no lo es —digo vencida por la inconformidad del discurso de Sofía.

La conversación con Sofía nos acerca. No pensé que pudiera suceder así, hace apenas una hora.

Hablamos de cosas de mujer; de feminismo del bueno.

—El feminismo ilustrado pregonaba la igualdad. No hemos avanzado desde entonces —dice Sofía. Comienza a relajarse y habla como una libertaria de antaño.

—¡Claro que hemos avanzado! —digo—, ¿o crees que tú eres igual que una mujer de principios de siglo!, y me refiero al siglo veintiuno.

—Ari, el feminismo es una ideología, y como tal cambia, evoluciona y avanza junto a la sociedad. Las feministas de hoy estamos igual de estigmatizadas que las precursoras del voto femenino. ¿Acaso no has oído que las sufragistas de antes si eran feministas con ideales, que luchaban por algo justo..., pero las de ahora sólo odian a los hombres, rechazan por principio todo lo masculino?

—No sé Sofía. Creo que la igualdad, la autonomía en las relaciones y en los demás ámbitos de la vida, no es sólo una lucha de mujeres, también lo debe ser de los hombres. Luchar por un mundo más justo y más igualitario no es cuestión de género, pienso.

—De acuerdo. Yo soy feminista simplemente porque mi sociedad y otras sociedades de este mundo, no me dejan ser igual al hombre, no me valoran lo mismo en el trabajo, ni en el ámbito doméstico, ni siquiera en las artes ¿Cuántas mujeres escultoras famosas conoces?, incluso ¿pintoras?

—¿Y no crees que debe ser una lucha común de hombres y mujeres?

—¿Han sido los hombres los que han luchado por el voto de la mujer?, ¿son los hombres los que luchan por la igualdad de salarios?

—¡Me vas a convencer!

—No es lo que pretendo, prima. Tú eres diferente y especial; tienes tus propios principios, inalienables, inalcanzables por hombres y mujeres. Tu inteligencia es andrógina, tus pensamientos, tus ideales no tienen género.

—Pero sí sexo —aseguro—. ¡El sexo me importa!

Las dos reímos juntas. Es entrañable y sugerente, admirable y sensible.

Se nos hace de noche. Las farolas encendidas me recuerdan que alguien me espera en casa.

—Me gusta esta nueva relación nuestra que ha surgido, Sofía. Ahora, tengo dos hijos que atender. Me tengo que marchar.

—De acuerdo. La próxima vez invitas tú. ¿Porque habrá una próxima, no?

—La habrá. Te aseguro que la habrá. Tú me llamas.

Sofía habla con sagacidad y acierto. Todas las mujeres del mundo actual somos susceptibles de ser subordinadas y explotadas, aunque no de igual manera ni en la misma medida. Las mujeres podemos ser violadas, agredidas física y mentalmente por hombres de todo el mundo, sociedades patriarcales, materiales o simbólicas. Actualmente es escandaloso, pero no pasa de ser una noticia más en los telediarios. Los políticos de hoy, mediocres en su mayoría a la vez que incultos y bobos (incapaces de ganar el sueldo trabajando en la empresa privada), abogan insulsamente por una igualdad de géneros que no practican. Creo, entonces, que el movimiento feminista debe dirigirse a la sociedad aportando análisis y respuestas a la desigualdad patriarcal y neoliberal, de una forma externa, desafiante y también publicista. La lucha debe hacerse visible e incómoda. Tiene que derribar la estrategia del silencio que ostenta el hombre moderno. El hombre calla y la crítica feminista se esconde en sus propias tertulias. No podemos dejar que la lucha sea sólo cosa de mujeres y para las mujeres. Así no hacemos nada. Así nos matan.

Lo comentaré con Sofía. La feminista tiene que integrarse en la sociedad civil, caminar con otros movimientos contra las injusticias de las economías capitalistas y políticas neoliberales. Ahora mismo es el momento de ponerse un objetivo: equilibrar la brecha salarial y las condiciones laborales de las mujeres. Empecemos por ahí. Es un punto comprensible para estos políticos burdos, feministas de despacho. En ocasiones es bueno arrimarse al tonto.

Amo la desigualdad física entre hombre y mujer. La natural y biológica que a mí me atañe. Me gusta ser mujer y deseo sexo con el hombre, mi hombre. El avión de Calen aterriza. Sale y me busca, la mirada de gran angular. Detrás de él camina Anna-Hans.

Me agarro al cuello de Calen ¡Es mío! Saludo a su compañera con cortesía, pero abrazo a mi hombre por la cintura, para que sus brazos se enganchen a mi hombro. Detrás de nosotros camina Anna-Hans. Tengo prisa por llegar a casa, aunque primero descargo a la viajera en la puerta de la Residencia.

—¡Adiós! ¡Hasta pronto! —dice Anna.

—¡Felices vacaciones! —dice Calen.

Yo simplemente me despido con el gesto de la mano. La misma mano que deposito en la entrepierna de Calen.

"La lujuria en acción es el abandono del alma en un desierto de vergüenza"

(Shakespeare, *Soneto CXXIX*)

Acudo, aunque tardo unos días, a la llamada de auxilio de Emilio. ¡Los geranios están en peligro! Reviso el riego, examino la tierra, las hojas. Nada extraño, pero no hay flores. Se han descapullado todas o alguien les ha robado la gracia de sus pétalos.

—Pues está todo bien —digo—, no hay porqué alarmarse.

—¡Qué bien —dice Emilio—, ya me quedo más tranquilo.

"¡Y yo!", pienso. —¿Y tu padre, qué tal está? —digo.

—De viaje, ya sabes, pero está bien.

—Bien, salúdale de mi parte. Me voy.

—¿Quieres quedarte a comer?

—Otro día Emilio, hoy no puedo. Gracias.

—Otro día, Ari.

En casa todo son preparativos para las vacaciones. Dos días intensos de equipaje para veinte días en Rotterdam. La tierra de Calen. Nos espera su segunda madre y su padre, retirado de la vida activa, postrado en una silla de ruedas por un accidente con su bicicleta. Un vehículo le empujó tres metros después de impactarle. Ocurrió en Francia hace mucho tiempo. Willem abandonó la bicicleta y las carreras para siempre; cambió dos ruedas por cuatro, dice él mismo con indomable ironía consigo, pero eso no consuela.

La casa de Willen y Getje es acogedora, como ellos. Calen recoge la fuerza de su tierra y de los suyos. Está alegre. Es entusiasta. Disfruta de los niños y de sus padres; disfruta de mí que me entrego a él plenamente.

¡Otu es capaz de aparecer en Holanda! Hacía tiempo que no me visitaba. Sabe que no le atosigo, él viene y va a su antojo. Su presencia misteriosa como su ausencia. Esta noche me lleva hasta Hanga Piko. Sobrevolamos el camino de un joven que se adentra en una cueva de difuntos. Descubre el cadáver de su padre y coge un trozo de hueso largo. El joven talla una figura. Vuelvo mi rostro hacia Otu. Ambos estamos suspendidos en el aire. ¡Un anzuelo! ¡Con los huesos de su padre! Reconozco la leyenda. Otu desciende y recoge un colgante del suelo de la cueva. Me pide que baje con él. No lo hago, me paraliza la creencia que si toco suelo algo malo me va a suceder. Le espero manteniendo con esfuerzo mi cuerpo en el aire. Mis huesos quieren entrar en la caverna, mi mente no. Tiendo las manos a Otu para que me ayude. No quiero convertirme en un cadáver. Quiero irme de allí. Se está haciendo de noche. En el último rayo de sol, Otu y yo estamos sentados frente al océano. Llevo un colgante al cuello: un *mangai ivi* (Anzuelo de hueso de una sola pieza).

—¡Bonito colgante! —dice Getje.

Todos miran hacia mi pecho.

—¡Es un *mangai*! —dice Willen—, ¿regalo de Calen?

Yo agarro con la mano la figura del colgante, lo tanteo, la vista no me alcanza a verlo. No puedo contestar. Desconozco cómo aparece el colgante en mi cuello.

—Sí, regalo mío —dice Calen—. Me alegra que hayas abierto la caja.

Posa su mano sobre la mía que retiro para servirme el desayuno.

La caja estaba en el columbario con todo su desconocido contenido. Puede que Calen la haya abierto, que me haya colgado el *mangai* esta noche, mientras yo dormía, para darme una sorpresa. Puede.

Vamos a la playa de Hoek van Holland. En el trayecto suena mi móvil. Lo cojo, lo miro y no contesto, lo silencio. Es un número que ya me resulta conocido.

—¿No lo vas a coger? —dice Calen.

—No.

—¿Por qué no?

—Es un cliente que tiene problemas con los geranios. Estamos de vacaciones. Que llame al vivero.

—¿Geranios? ¿Los geranios dan problemas?

Reímos. Yo, además, pienso en qué cojones le pasa a Emilio.

Hace algo de bruma pero la temperatura agrada el día. Calen juega con los niños en la orilla. Ana llora. El agua está fría. Calen envuelve a nuestra hija en la toalla y la deja en mi regazo.

—Jaime y yo nos vamos a dar un baño —dice Calen.

—Sólo un ratito —digo—, Jaime querrá hacerse el machote y el agua está muy fría.

—De acuerdo, un baño corto.

Su cuerpo es bello y se aleja, con sus espaldas anchas, sus brazos fuertes. Como si notara que le contemplo, se da la vuelta y regresa corriendo hacia mí.

—¡Por cierto! —dice—, ¡me encanta que te hayas puesto el colgante!

Nos besa en la frente a su hija y a mí. Coge a Jaime de la mano y corren hacia el agua.

Regresamos de Rotterdam echándola de menos. Por la noche le digo a Calen que vamos a tener otro hijo. Salta de alegría como un niño chico. Él es hijo único. Ama las familias numerosas, yo también.

—¿Cómo lo sabes?, ¡no ha habido tiempo! —dice.

—Lo sé, conozco mi cuerpo. ¡Estoy preñadísima!

Nace Willen. Un bebé grande y rollizo. Un pequeño frisón, que nos embauca a todos. Acogido como el deseo de un sueño cumplido, se cría sin darnos cuenta. Agarrado continuamente a mi teta, desarrolla una personalidad gigante por lo atrayente, arrolladora y diabólicamente simpática.

Jaime comienza a ejercer de hermano mayor y Ana-Ari de madrastona.

La insistencia de Emilio me importuna. No sabe cómo hincarme el anzuelo; y yo no sé cómo deshacerme de él. Su padre me merece respeto y un cariño especial. Emilio hijo, el chico que estudiaba medicina, me atrajo. Su tren pasó. Ya está.

Las citas mensuales con Marina me preocupan. En la comida mueve el tenedor con tesón, revolviendo en el plato, surcando caminos circulares entre los granos de arroz. Apenas come. Se limpia la boca violentamente y bebe vino. Dobla y redobla la servilleta, la desdobla y la airea antes de posarla sobre las piernas. Lo repite a cada trago de Pujanza. Una botella de soberbio vino de la que logro servirme una copa. La conversación es oscilante, como su estado de ánimo. Durante la comida me sorprende en varias ocasiones. Habla de su posible locura que durante una hora y media acaba siendo una locura confirmada.

—¿Sabes que mi abuela enloqueció? —dice.

—Algo me han contado y algo más he oído —digo.

»No sé si la locura se hereda, pero ¡me cago en las herencias! La abuela Marina se volvió loca. Tal vez lo llevamos en el nombre.

La culpa se la echamos a su segundo marido. Su demencia daba lástima. Era joven cuando ingresó en el psiquiátrico de Jaén; no había cumplido los sesenta. Antes de eso, estuvo rodando por diversas residencias de religiosas. De todas la echaron cuando vieron que estaba loca de atar. Creo que cuando perdió la menstruación, perdió la cabeza. Y yo llevo tres meses sin sangrar.

—¡Vamos, Marina, no seas histérica.

—De eso se trata, Ari, de histeria.

—Creo que era Hipócrates quien recomendaba el órgano del hombre como posible remedio. ¡Orgasmos Marina!, uno detrás de otro.

Yo me río y Marina se descojona. Los comensales de la mesa de al lado interrumpen su silenciosa conversación para detenerse unos instante en nosotras.

Marina hurga en su bolso y saca una libreta roja.

—Te voy a leer algo sobre la histeria. Después de Freud. Es actual. "Tres características fundamentales de la histeria: El problema de la perdida de amor, el problema de la inexistencia y el problema de la insatisfacción".

—¿De dónde has sacado eso?

—Da igual. Son mis síntomas, ¿no crees?

—Pues no sé, Marina, objetivamente no lo parecen.

»La pérdida de amor. No lo he perdido, es que nunca lo he tenido. Lo he buscado en el trabajo, en la familia, en el hombre, en todo; nadie me ha respondido. Tampoco mi propio cuerpo. He deambulado en busca del amor, incansable e infructuosamente durante toda mi vida. Mi inseguridad es aterradora. ¿Qué significa mi existencia para los demás? ¿Qué valor tengo? Es dramático, pero nunca he tenido sitio en el corazón de alguien. Bueno sí, en el de Mabel. La única persona de este mundo a la que le he importado me ha querido, me lo ha dicho y me lo ha demostrado. Ni siquiera he gozado del amor de mi madre, del amor completo y entregado hacia el hijo, por el que se vive y se muere. Ya sabes de lo que te hablo, no vamos a desempolvar nuestro secreto.

En cuanto al problema de la inexistencia, va unido al anterior. ¿Si no importo para qué existo?, ¿qué se pierde el mundo si muero? Mi infravaloración llega a extremos patológicos.

La insatisfacción. Elegí casarme con un hombre bueno. Mi cuerpo pedía guerra, me gustaban todos los malvados, los más gamberros, los más mujeriegos, los más violentos. Hice caso a mi razón y a tu madre; ella sabía que no podría vivir lo que deseaba, tuve que conformarme. Lo hice de buena gana, era lo correcto y lo adecuado para mí. Pero Pablo no me satisfizo nunca. El día que me casé con él renuncié al deseo sexual. Hemos tenido relaciones, claro está, nada comparado a lo que conocí de soltera. Tuve un novio antes de Pablo. Un macarra que me volvía loca. Hacía conmigo lo que quería. Si me hubiera llamado Juana, sería como la reina loca. Tu madre me lo quitó de la cabeza. De no ser así, sería una completa perdida. Ahora puedo hacer lo que quiero, pero no me atrae nada. Me siento vacía e inútil. ¡Me doy pena!»

—Lo estás viendo todo muy negro. ¡Eres una dramática! Tu vida no es como la describes.

—¡Ah!, ¿no?, ¿y cómo es?

—No sé cómo es porque no sé cuáles son tus expectativas, tus deseos. Pero desde luego, tienes amor: tu hija, tu marido, y por supuesto me tienes a mí. ¡Te necesitamos!

Marina se relame la lágrima que le resbala hasta la boca. La saborea. Necesita consuelo y mimos, muchos mimos.

—En cuanto al sexo, es cuestión de imaginación Marina, y de ganas. ¡Seguro que Pablo estaría encantado de vestirse de bombero si tú se lo pides! —digo. Ahora ríe como una niña chica a la que le enseñan un pastel—. Tú, que eres tan teatrera, no tendrás difícil montarte alguna escenita que varíe la aburrida normalidad del misionero.

Marina pide otra botella de vino que yo desapruebo.

—Ahora que estás contenta, que se te ha pasado la modorra! —digo—, ¡ni de coña!

Salimos agarradas como dos enamoradas. Paro un taxi.

—Me has aliviado mucho. ¡Gracias Ari!

Antes de cerrar la puerta del coche, me dice: —Lo malo es que todo sigue igual para mí.

El taxi arranca y su mano, asomada por la ventanilla, me despide.

La depresión de Marina me arruga el estómago.; la comida, sin digerir. Cojo el teléfono y se lo hago saber a Sofía.

—¡Hanna-Hans se está poniendo pesada —digo. Calen acaba de colgar el teléfono después de media hora hablando con ella.

Mientras, yo acabo de poner el pijama a los niños.

—¿Pesada?, ¿por qué dices eso? —dice Calen.

—Porque debería respetar tus horas libres de trabajo. ¡Estáis todos los días juntos!

—Se marcha en dos semanas. Está ultimando su trabajo aquí.

—¿Tú también acabas ya?

—No. Aún tenemos medio año por delante. Incluso habíamos pensado pedir a los patrocinadores una prórroga de seis meses, para cerrar debidamente las conclusiones.

Jugamos con los niños en sus camas. Calen y yo jugamos en la nuestra.

Me duermo con pesadumbre porque hace tiempo que Otu no aparece en mis sueños. Su ausencia me inquieta. Acudo a él porque tengo cristales rotos en la boca, en la lengua y la garganta. Temo tragarlos porque sé que van a hacerme daño. Escupo y escupo, pero los cristales siguen en la lengua, el miedo sigue en la garganta. Aparezco en la Isla. Llamo a Otu para que me ayude. Viene volando hacia mí. Abro la boca y saco la lengua para mostrarle los cristales. Se va a mi espalda. Me vuelvo hacia él y hay un ente negro que me mira. Vuelvo a intentar escupir los cristales. Me envuelve una oscuridad sucia. Aparezco en las calles de Madrid. Son calles estrechas, llenas de borrachos y gente drogada. Quiero vomitar para que mi suciedad interior arranque los cristales de la lengua. La gente me mira en la noche abyecta. Nadie me ayuda. Debía estar con alguien que me ha abandonado. Entre los esputos que arrojo hay cristales que relucen en la calle mugrienta. Un desconocido se acerca. Se asusta cuando ve mi boca repleta de pedazos de vidrio, incrustados formando un punzante puzle. Parece que quiere ayudarme y abro la boca hasta rasgarme los labios. No se atreve a desincrustar los trozos hincados mi lengua. Se va. Se aleja y no puedo gritar ayuda. Gargajeo inútilmente entre la negrura mácula. Comienzo a formar parte de la soledad de su bazofia. Todo se bifurca alrededor. La respiración me duele hasta sentir que me muero. "¡Mi herida no es de muerte!" grito para adentro. —¡Ari, Ari! —alguien me llama. Las fuerzas me vencen, no veo a quien me llama.

—¡Ari, despierta!

¡Es Calen! Abro los ojos y lloro en sus brazos hasta que el resuello de la angustia se duerme.

—¿Qué soñaste anoche? —dice Calen.

—Algo horrible que prefiero no recordar.

La mañana de trabajo transcurre demasiado tranquila. A última hora me telefonea Emilio, el padre. Planifico la visita a su casa para dentro de un par de días. Hace tiempo que no arreglo su jardín, que no visito sus salas floreadas. Desde que su hijo me ronda se encarga Idoya.

El vivero está de capa caída. Apenas renuevo, apenas faeno. Los que están a mi cargo hacen lo que pueden. Idoya gobierna el día a día. Yo me dejo llevar. Desde el último sueño con Otu siento su añoranza en el trabajo del corazón. Me abandonó. Me dio la espalda.

Hablo con Calen.

—Creo que tienes varios flancos abiertos. No puedes administrarlos con la intensidad que tú quisieras —dice.

—Es cierto. Tengo la vida desbaratada. ¿Qué puedo hacer? —digo, con conciencia absoluta sobre la fragilidad de mis empeños. Nada intenso, nada aporto, nada consigo. Mí conmigo.

Por la noche llega mi madre, a mi subconsciente. En él habita ella, sus recuerdos, mi pasado erróneo y acertado, mi herencia. Mamá me ayuda, me dirige; su intelección alimenta la mía, la más profunda, la consciencia dormida. La senda que me muestra es recta, como su pensamiento, su obra, sus sentimientos. Mamá no censura; su transparencia ilumina mis pensamientos y mis actos. Una clarividencia exquisita orienta mi futuro. El jardín.

Enciendo el negocio del vivero una vez más. Un jardín vivo, que se apaga según sopla el viento, como una vela. Me entrego a él en cuerpo y alma. Mi madre está en el Manavai, su reino. Mi herencia. Un jardín rodeado de muros de piedras de diferentes tamaños y formas, a semejanza de los antiguos corrales de la Isla de Pascua donde se plantaban especies frágiles para resguardarlas del viento y conservar su humedad en los poros del suelo volcánico. Lo recuerdo como si me lo hubiera dicho ayer, que lo hizo.

Un camión espera para descargar plantas. Octavio es el responsable de recibir la mercancía, de disponer los encargos, de casi todo lo que es el contacto con los clientes en el vivero. Es de mediana edad, físicamente fuerte y grande, oscuro de tez y de pocas palabras.

Dentro, en el Manavai, busco a Otu y no le hallo. Detrás de la recepción tenemos una sala acristalada donde Idoya, botánica como mi madre, cultiva y cuida delicadas especies. Es dicharachera y poco agradable de aspecto, pero en cuanto abre la boca te olvidas de su fealdad. Encantadora. Lo encuentro detrás del semillero. Es la época de los crisantemos. La presencia ausente de Otu vaga cada noveno día del noveno mes, como en el poema de Wang Wei, un poeta de la dinastía Tang:

Estoy completamente solo en el extranjero como un forastero, en cada festivo mi añoranza aumenta más. Saber que mis hermanos están en la montaña aunque estoy lejos de casa, todos llevan zhuyu, pero hay uno que no.

Otu no me abandona, simplemente me libera de su carga y de la mía. Una imagen onírica que se realiza de cuando en cuando en el vivero. Ya no me habla. Ya no habita en mis sueños. Un ente esencial que trae a mi alma seguridad, calma y sosiego. Otu es el niño que un día acompañó mi tormento para liberarme de mi ego. Alma pura. Tendió sobre mí mágicos ceremoniales. Me dio libertad y respeto por los otros. Vivir su experiencia interior de forma tan trascendente me ha dado conciencia de unidad con el todo. Entiendo la continuidad, la participación de mi ser en el proceso evolutivo. ¡Es mi ángel! Trasciendo de mi propio yo y me incorporo al mundo para participar vivamente en su creación. Lo entiendo.

Hace tiempo que no peleo contra pensamientos y sentimientos negativos. Simplemente me dejo llevar. Consigo la serenidad y la instalo en mi yo interior. El Ser desplaza al Hacer. Me doy tiempo para la contemplación. Siento que estoy viva y tomo conciencia de los pensamientos que corren por mi mente. Me identifico y acepto las emociones, las observo cuando las elaboro, las domino. Logro un equilibrio cuerpo mente nunca pensado. Me abro a la percepción, descubro mi mente de aflicciones y me atrevo con la vida. La creencia es un arma poderosa y está en nuestras manos. Reconozco la existencia de la Unidad y el sentido del universo. No me siento sola. Día que pasa, día que percibo las señales fuera del tiempo y del espacio.

Me llama Sofía. Noto su ansiedad y desasosiego. Marina está enferma. Me pongo en marcha en cuanto cuelgo el teléfono. Me abre la puerta una Sofía alarmada, llorosa. Marina está semiinconsciente. Demasiados tranquilizantes, demasiado alcohol. Ha vomitado amarillo, forzada, le he metido los dedos hasta la campanilla. Pablo viene de camino.

—Sofía, es mejor llevarla al médico —La situación me sobrepasa.

—Mi padre vendrá enseguida.

—No necesitamos a tu padre. ¡Necesitamos un médico!

Intento levantar a Marina de la cama. Entre Sofía y yo, no podemos con su cuerpo mortecino.

—Bueno, vamos a telefonear a emergencias. —No dudo. Marco tres dígitos e indico a la operadora lo sucedido.

Cuando llega Pablo, le acompañan una médica y una enfermera vestidas de naranja. Se la llevan al hospital. Le hacen un lavado de estómago. La derivan a psiquiatría. Allí pasa la noche. La recogemos Sofía y yo, a la mañana siguiente. Desayunamos con ella y a las doce la dejamos en una clínica de descanso. Pablo había arreglado su ingreso.

—¡Mabel no hubiera dejado que yo llegara a esto! —Es la despedida de Marina.

Yo tampoco sé cómo hemos podido llegar a esto. Ni Sofía. Nos alejamos de la clínica con el corazón destrozado. Desconcierto e incomprensión. Culpabilidad. Otra vez la culpa. ¿Y ahora por qué?

Marina está llena de sucesos ocultos. Yo sólo conozco una pequeña parte. La doctora dice que esta conducta velada viene de años atrás. La vergüenza, el miedo al rechazo y el desprecio de los demás. ¿De quién? El resultado ha sido una desfiguración permanente. Puede que se haya dañado o que intentara suicidarse o que pusiera su vida en manos del destino. Problemas subyacentes. ¡Es fácil decirlo! Un principio psicológico dice que todo comportamiento tiene consecuencias que lo están recompensando de alguna manera. Puede que Marina pida atención a través de la autolesión o castigarse, o castigar a alguien de alguna manera. ¿A quién? Su descontrol y la incapacidad para resolver por caminos más eficaces los conflictos, malestares y sentimientos de culpa provocados por determinadas vivencias me afecta. Nos afecta a todos. A Pablo no. Hablo con él y le pregunto.

—Marina está loca. Tiene que tratarse y debe estar ingresada. —Dice el desgraciado.

—¿Tú crees?

—Ari, tu tía imagina e inventa situaciones y hechos, ya no sabe si lo que vive es fantasía o realidad —dice.

Su respuesta me deja desarmada. Él resignado o indiferente. Pablo nunca ha sido expresivo, tampoco locuaz, ni simpático, ni querible.

No contemplo la idea de recluir a Marina. Intolerable alejarla de nuestras vidas. Convertirla en un objeto que se encierra en un hospital psiquiátrico. No dejarla ser. La pérdida de la realidad y la escisión del yo. La doctora nos dice: —El inconsciente es rechazado y retorna como real.

Pienso que Marina está cansada de descubrir las vergüenzas del mundo y de su mundo, y ha tomado la inteligente resolución de parecer una loca. Es tan loca como lo somos todos. Tal vez sea su manera de decirnos que simplemente está viva, aunque en otra dimensión. Dudo. No niego que tengo miedo por ella.

No creo que sea realmente un sueño, sino un recuerdo ilustrado durante el desasosiego de la noche. Mamá me llama y me enseña a cuidar de su hermana. "No tengas miedo, bonita, yo estoy contigo". Marina sólo necesita que le digan que la quieren. Es sólo amor.

Sofía sabe de la enfermedad de su madre lo que le dice su padre.

—Me da la sensación de que tu padre no está por la labor —digo.

—¿Por qué me dices eso, Ari?

—Intuición.

—¿Sólo eso?

—Creo que Calen no me dejaría en un institución psiquiátrica.

—¡Es mi madre quien quiere! Ella sabe que necesita ayuda. No es la primera vez que hace esto. Mi padre vive con ella. ¡Se le ha ido la cabeza, Ari!

—Necesita ayuda, sí. La compañía y la comprensión de los suyos. Puede seguir un tratamiento y una hospitalización de día, pienso.

—Ari, creo que a mi padre se le va de las manos, no se cree capaz de ayudarla. Lo ha intentado.

—¿Sólo eso?

—¿Qué quieres decirme?

—Confirmarte nada. Intuyo que eso no es todo. Tengo la sensación de que tu padre esconde algo.

—¡Ari!, ¡se trata de mis padres! Tú les conoces, ¡por Dios!

—Conozco algo a Marina. Pablo ha estado ajeno a la familia.

—Nunca se le ha dejado entrar en el círculo, siempre le habéis menospreciado. Algo así habéis hecho con mi madre.

—¿Quieres decir, que el problema somos los demás? Y tú, ¿dónde te sitúas, tú?

—También fuera del círculo. Ya te lo dije.

—Es más fácil pensar eso. Exculparse es vuestra solución.

—Es la realidad.

—¡Vuestra realidad! Puedes estar confundida y dolida. El rencor y la envidia son un estiércol que no sirven para abonar, Sofía. Piensa con inteligencia y equidad.

—Rencor puede, envidia no.

—Está bien. No voy a luchar en una batalla que no es la mía.

—¡Eso!, esconde la cabeza.

—Sofía, ¡no me toques los cojones! —Consigue alterarme—. Dejad que lleve a Marina a mi casa. Me comprometo a cuidarla, a entregarle el cariño que le tengo.

—¡No digas sandeces, Ari!

—Es mejor que esté acompañada de alguien que la quiere, que puede escucharla, que puede mimarla. ¿No?

—No. Sabes que no puede ser.

—Habla con tu padre. Me ofrezco sin más, sólo porque quiero.

Sofía se marcha. Mis palabras le incomodan. Mis sentimientos también.

Calen escucha mis argumentos y mi afección. Acepta de buen grado que cumpla con lo que creo. Él está conmigo.

—Sabes que tendrás que dejar el vivero de lado, otra vez —dice—. Con Marina en casa todo va a ser muy muy diferente. La convivencia va a estar prendida de un hilo.

—Lo sé. Somos fuertes, ¿o no?

—Marina es una bomba de relojería. Procura que no salpique a los niños.

—¿Entonces?

—Si te dan permiso, si ella quiere, si tú quieres, yo también.

Preparo el terreno. Acomodo la casa. Delego el trabajo del vivero en las manos cariñosas de Idoya y los brazos fuertes de Octavio. Atiendo a los clientes que expresamente me lo piden. Cuido de Marina. Lo intento, mamá me lo ha pedido.

—Ha llamado el hijo de don Emilio —dice Idoya. —Dice que no le coges el teléfono. Quiere que vayas a su casa.

—Ve tú, por favor, Idoya.

—Ari, no quiere que vaya yo. ¡Quiere que vayas tú!

"¡Manda huevos!"

Acudo con una desgana que me rebosa y algo de temor. Cada vez que veo a Emilio está más lanzado.

—¡Qué alegría verte, Ari! —dice Emilio, el médico.

—Hola Emilio. Vamos a echar un vistazo.

Una hora de arreglos y apuntes de trabajos que hay que realizar. Tengo a Emilio soplándome el cogote. Me encuentro apurada. Verdaderamente el jardín está algo desmejorado.

—Cambiaremos algunas plantas por otras de temporada —digo—. ¡El salón de verano se ve estupendo!

—¿Te quedas a comer hoy?

Los ojos de Emilio indican a mi razón que diga: —No, lo siento mucho. En otra ocasión.

—Pero ¿cuándo va a ser esa ocasión? —Se acerca demasiado. Invade mi espacio.

—Cuando esté tu padre. Tengo ganas de verle y charlar con él.

—¿Y conmigo?, ¿no quieres charlar conmigo?

—¡Vamos a dejar ya esta tontería, Emilio! —Ataco directamente ante su desconcierto. No lo esperaba—. No quiero estropear esta relación, la de un cliente al que admiro, tu padre. Nada más.

—Está bien, Ari. Me lo has dejado claro. Perdona.

—De acuerdo. ¡Adiós Emilio!

Él no responde. No me acompaña hasta la verja. Oigo cerrar la puerta de la casa a mis espaldas. Me subo al coche. ¡Qué descanso!

Visito a Marina todas las mañanas. Antes de ir al vivero, desayunamos juntas. Parece irracional, Marina me aporta vida. Una vida de infantiles ilusiones, de deseos pueriles, de actos libres.

Me ocupo de leer sobre las enfermedades mentales. Hablo con la psiquiatra que trata a Marina. Es una mujer seria, entregada a su trabajo y preocupada por Marina. No siempre la encuentro dispuesta; cuando consigo robar su tiempo me habla con cautela y sinceridad. Me recomienda libros, la mayoría de los filósofos que escribieron y escriben sobre la locura. La locura. Esta mañana me regala un panfleto: *"Protección Jurídica de los pacientes psiquiátricos* (Dr. Leandro Javier Alippi)".

—¡No te la vas a llevar! —grita Pablo por teléfono.

—Escucha, Pablo, quiero ayudar a mi tía —digo con tono tranquilizador.

—¡Déjala en paz! —cuelga.

Hago saber a la doctora mis intenciones. Me recomienda más bibliografía, aunque me dice: —Marina es una enferma mental, sí, pero aún tiene capacidad de decisión sobre su tratamiento y su reclusión.

Su reclusión. El pánico de la palabra asoma en mi piel. Sé que mis ojos están pasmados. Incomprensión. La psiquiatra continua hablando, aunque yo la oigo muy lejos: *"fomentar la participación y la toma de decisiones de las propias personas con trastorno mental en su proceso de recuperación"*

Marina es dulce. Su calma la precede la medicación. Lo sé.

—¿Mi tío qué dice sobre esto?

—Nada. De momento sólo contempla el internamiento de Marina durante unos meses.

Desconcertada, desinflada, llamo a Sofía.

—¡Déjalo, Ari! Mi padre y yo nos ocupamos.

—¿De tenerla encarcelada?, ¿de eso os ocupáis?

—... . —cuelga.

Esta batalla decidirá el fin de la guerra.

Las malas noticias me acompañan durante todo el día. Calen tiene previsto otro viaje.

—¿Con Hanna-Hans? —pregunto irónica, dolida, desarmada.

—¡Ari!

—Perdona, mañana hablamos de tu viaje.

Esa noche no tengo ganas de sexo. Espero la visita de mi madre en el inconsciente.

Mabel y Marina son unas niñas. Juegan en el salón. Suben y bajan de los sofás, saltan al suelo. Brincan y ríen. Mina recoge muñecos del suelo. Lleva a Alex en brazos. Esteban sale del dormitorio, atormentado y borracho. Lleva su cinto en la mano. Lo agita en el aire, el cuero silba y golpea el suelo. Lo repite una vez más. Las niñas inmovilizadas encogen la cabeza entre los hombros y cierran los ojos. Marina se esconde detrás de Mabel, que da un paso adelante. Marina la sujeta por la falda del vestido. Mabel esconde a su hermana debajo de la mesa de comedor. Mina, con el brazo libre sujeta la mano que prepara el látigo. Esteban se deshace de ella con brusquedad. Mira amenazante a su esposa con el niño en brazos. Mina recoge a su hijo entre sus senos. Marina llora en su escondite "¡Mabel, Mabel!". El cuero vuelve a balancearse, se eleva por obra del demonio y cae sobre el cuerpo de su hija, que le hace frente. Lo repite una vez más. El cinto se ciñe a la tierna cara. La serpiente del demonio le tapa los ojos. Mabel, inmóvil, no toca su rostro. Marina grita bajo la mesa "¡No, papá, no!" Mina doblada sobre el sillón guarda al hijo en el regazo. Esteban se marcha de la sala. No dice nada. Los ojos ensangrentados han hablado. Mabel levanta del suelo a su hermana y su miedo. "No llores, bonita, yo estoy contigo"»

Despierto con marcas de sal sobre la cara. Sé que he llorado. Calen no está. Marisa atiende a los niños.

—Ari —me dice—, el señor Calen me dijo que no la despertara.

—Está bien Marisa.

—¿Le ha dicho Calen a dónde ha ido? ¿Hoy es sábado?

—No me dijo nada más.

El café caliente cura el mal sabor de boca. La ducha reduce el fuego del cinturón sobre mi rostro. El sueño me ha dolido, he podido sentir los latigazos en mi cuerpo.

Llamo a la clínica. —Marina Aguirre está fuera, dando un paseo con su marido, —dice una voz desconocida—. Puede llamarla más tarde, si quiere.

El lunes madrugo para desayunar con Marina. Me dicen que está en cama. Una recaída. ¿Cómo? Su doctora no puede atenderme. Está con otros enfermos.

En el vivero repaso la lista de encargos. Idoya me sugiere que visite la finca de Emilio.

—¡Ya que has venido temprano! —dice—, aprovecha y ves cómo está el trabajo.

Es apetecible. Un jardín bonito lo puede casi todo. Al menos mientras lo contemplas. Llamo a Emilio para concertar la cita. Él no está en la casa, pero agradece que vaya. Dice que me quede a comer, él no tardará. —Estaré encantada. Gracias, Emilio.

Paseo por la casa como si fuera un museo. Idoya ha hecho un buen trabajo. Está perfecto.

—Todo me recuerda a mi madre. Este jardín es su obra maestra —digo.

—Eso creo yo. Tu madre era una artista —dice Emilio. —Terminamos el café y quiero que veas algo.

Bajamos a una sala, detrás de la bodega. Es un trastero limpio y sin cachivaches rotos. Me enseña unas telas. Bodegones y paisajes. —¡Son preciosos! —digo.

—Son de tu madre —dice.

—¿De mamá?

—Los paisajes, los pintó en la Isla. Los dos bodegones, en la que iba a ser nuestra casa.

—No sabía que mi madre pintara.

—Hay cosas que no sabemos de nosotros mismos, tampoco sabemos todo de los que nos rodean.

—Supongo que es así.

—Sí; siempre hay una parte íntima que descubrimos más a unos que a otros. Aunque hay algo que guardamos sólo para nosotros mismos. Estos cinco cuadros es lo que me queda de tu madre, además de su recuerdo.

Es agradable estar con Emilio padre. Es un hombre tranquilo. Su conversación es curiosa e inteligentemente natural, sin pretensiones. Te da confianza. Bienestar.

¡Papá está en casa! Oigo su voz desde el rellano. Manejo la llave con ansia en la cerradura que no acierto a introducir. Me abre Jaime: —¡Mami, ha venido el abuelo! —Aparto a mi hijo y me abrazo a mi padre con las ganas de la felicidad perdida y encontrada.

—Me gustaría traerme a Marina a casa, o llevarla a un hospital de día, algo que no sea tenerla enjaulada, lejos de nosotros.

—Ari... Hablamos en la cena, ¡Ahora estoy con los niños! —. Saca a Willen del parquecito y se lo sienta en las rodillas. Juega con Ana-Ari y Jaime. Entro en mi dormitorio. Me desvisto y escucho: "frío, frío, como el agua del río".

Durante la cena, papá me reprocha de nuevo su desconocimiento sobre el estado de Marina. Me ordena que llame a Alex mañana.

—¡No puedes hacer de esto tu batalla personal! —dice papá.

—¿Has escuchado y comprendido lo que te he dicho? —digo.

—Sí, lo he entendido perfectamente. Pero no eres tú la que decides. Marina tiene marido y una hija.

—Papá, para ellos, ¡Marina es un lastre!

—Es tu forma de verlo. ¡No sabes!

Calen, que permanecía callado, dice: —Yo no dejaría a su hija internada. Creo que el cariño y la comprensión de la familia es de más ayuda que el tratamiento médico.

—Seguramente —dice papá—, pero no sé hasta qué punto debemos inmiscuirnos.

Les cuento mis sueños con mamá. Les hablo de mis impresiones. Les desvelo mis planes.

Papá se queda unos días con nosotros. Visita a Marina, un día conmigo, otro día sin mí. También se cita con Pablo y con Sofía.

—Es una labor de empeño y constancia. Si te comprometes a cuidar de Marina, lo haremos con determinación pero solapadamente. No se pueden percibir nuestras intenciones —dice mi padre.

—¿Nuestras intenciones? ¡Estás conmigo! —digo.

—Ari, llama a Alex o lo haré yo —dice—. Aunque no pueda venir, debe saberlo.

Obedezco a papá. Telefoneo a Alex y le cuento la situación de Marina.

—Alex, es mi punto de vista —digo—, ¿tú que piensas?

—Desde la distancia no está bien que opine. No puedo apoyarte en tus decisiones, si es lo que pretendes —dice.

Mi tío está ajeno, distante. No es cuestión de tener un océano de por medio, le conozco y algo le pasa. Conmigo habla sin tapujos y hoy no es capaz de deslizar una simple consideración. Le aparto de mis pensamientos pero no le olvido. Le volveré a llamar.

La conversación de mi padre con Pablo y Sofía es informativa, dramática, falsa, sentimental, hipócrita, trágica, desigual. Demencial. Hay algo oculto que Pablo no dice y Sofía no sabe. Es la sensación que me transmite papá. Es también la mía. Si la enfermedad viene de lejos, ¿por qué no han dicho nada antes?

Cada vez que Pablo visita a Marina, mi tía acaba en la cama. Empeora. Resulta extraño para la doctora, también para nosotros. Puede que Pablo sea un signo de su trastorno.

La razón ponderada, la capacidad perceptiva y doliente del que ve. Marina ve. Pasamos la mañana caminando por los alrededores de la institución. De cuando en cuando nos sentamos en un banco. Practicamos la liberación de la palabra. La palabra que libera el pensamiento, que descansa el alma. Su locura define la cordura, la mía. Su discurso desviado, a veces deficiente, no fragua en vacío. Extravagante, posiblemente, subyace una retórica casi artística. En un momento dado, habla con extrema normalidad.

—No quiero que venga Pablo —dice.

—¿Por qué dices eso?

—Porque me perjudica.

—¿En qué sentido, Marina?

—Me hace tomar una pastilla amarga que no me sienta bien.

—¿Lo sabe tu doctora?

—Sí. La doctora se la da a Pablo para que yo la tome.

—Pero, tú ya tomas medicación en el desayuno y la cena, ¿no?

—Sí, la cuidadora nos da a todos un vasito de plástico. No me gustan las pastillas, sólo las naranjitas.

Despido a Marina con el corazón alarmado. ¿Es posible que Pablo la esté drogando? ¿Con la connivencia de la doctora? Desecho esos pensamientos irracionales; por el momento. La duda persiste guardada. Nada más ver a Calen, lo suelto por mi boca, como si me quemara dentro.

—No es creíble, Ari. —dice Calen—. Su discurso es irracional, infantil, tú me lo has dicho. Marina puede inventar, alucinar. Lo dice su psiquiatra.

—¡Es tan frágil! —digo.

—Da tiempo, Ari. Da tiempo.

Calen prepara maleta para un par de meses. Cuando me entero, grito.

—¡Dos meses!

—Hay que hacer trabajo de campo.

—¡Que huevos tienes! ¿Nos va a dejar dos meses solos?

—Sin dramatismos, Ari.

—De acuerdo. Pero es un mal momento para mí.

—Lo sé y lo siento. Pero...

—¡Es lo que hay! Tema zanjado.

—Aún tenemos una semana para estar juntos.

—No es verdad. Tenemos trabajo y obligaciones.

—Pues aprovechemos las noches.

Aprovechamos las noches y los días. Cada momento que nos dejan, follamos. Gozamos de todas las partes de nuestros cuerpos, tantas veces reconocidas, tantas veces deseadas y amadas. Cenamos fuera la noche antes de su marcha. Bebemos y brindamos. Hacemos el amor en el coche. Excitante, desenfrenado, animal.

—¡Te llamaré cada noche! —dice Calen.

—No quiero que me prometas nada. Te esperaré igual —digo.

Visito a Marina. Trabajo en el vivero. Juego con mis hijos, los quiero infinitamente. Hablo con Sofía. Hablo con Emilio. Hablo con papá.

—Ari, ¿por qué no te vienes una temporada? —dice mi padre.

—Me gustaría, papá. Jaime y Ana-Ari tienen colegio. Marina sigue ingresada. Me necesitan aquí.

Pregunto en la clínica acerca de las visitas de Pablo. Son por la tarde, sobre las cinco, apenas duran quince minutos. Los fines de semana, a veces se acerca unos momentos con su hermana. ¿Su hermana? Pablo tiene un hermano que vive en Alicante ¡Cabrón! Hago integrales para recuadrar mi horario. Los niños llegan a las cinco. Hora fatal. No puedo quitarles tiempo a ellos. Hablo con la canguro. Libero las mañanas del sábado y del domingo.

Estoy con Marina desde que se levanta. Charlamos. Hoy despliega su rareza, su magnetismo, su aura. Es formidable, aunque su discurso adolece de total credibilidad. Le propongo que hagamos una colección de pastillas. Sólo de las que Pablo le da.

—No se lo podemos decir a nadie. ¡Las guardamos nosotras! —digo.

—¿Otro secreto, Ari?

—Sí, claro. Nosotras somos del "club de los secretos"; solas tú y yo.

Marina pone sus puños, bien cerrados, junto a su boca. Le gusta la idea. Yo me maldigo por jugar a la locura. ¡La loca soy yo!

Sentadas en una sala de estar, movemos las fichas del parchís. Se acerca Pablo y se sienta entre nosotras.

—¿Qué haces aquí, Ari?

—Lo mismo que tú, supongo. ¿O tú vienes a otra cosa?

—Me gustaría estar a solas con mi mujer.

—Me marcho. ¡Adiós Marina! Me acerco a ella dando la espalda a Pablo, le guiño un ojo y le doy un beso.

No me voy. Sólo entretengo el tiempo tomando un café en un bar cercano. A mi lado, un muchacho saca un paquete de tabaco de la máquina que le agradece la compra. Instintivamente pido al camarero que desbloquee la máquina para mí. Saco el café a la terraza de mesas y sillas metálicas, enciendo el cigarrillo y adopto la postura de una perfecta

"Margarita Landi" bajo un toldo de plástico amarillo. Me río de mí. Mi juego me entretiene. Durante el segundo cigarrillo veo pasar el coche de Pablo. Regreso a la clínica y busco a Marina. Agitada e impaciente me abre la mano que esconde una pastilla diminuta y redonda.

—¿Quieres que la guarde yo?

—¡Sí, que no la vea Pablo! Escóndela bien, Ari!

El domingo por la mañana vuelvo al espionaje. Marina no ha terminado de desayunar cuando llega Pablo.

—¿Otra vez tú? —me dice.

—Pues sí. Ayer no me dejaste acabar la visita.

—Pues hoy tampoco. ¡Te puedes marchar ya!

Emprendo camino hacia la cafetería, orgullosa de mi disfraz de espía. Tomo café y tostada en la terraza. Ni siquiera he podido encender un cigarrillo porque el coche de Pablo pasa cuando unto la mantequilla. Corro. Marina me espera a la entrada. Saca la pastillita y me la entrega como un valorado tesoro.

—¡Que no te pillen! —me dice. Le doy un abrazo grande y vuelvo a mi casa. No estoy orgullosa de lo que hago, pero sí satisfecha.

Se lo cuento a Calen cuando me llama.

—¡Eso puede acabar mal! —dice—, ¡Ari, no hagas tonterías!

—¡Te quiero, amor!

—¡Hasta mañana, Mata-Hari!

Tememos la demencia, pero nos pertenece. Es nuestra. La hemos creado nosotros. Aún con sus consideraciones antropológicas. Hoy, loco, es un insulto o un halago. Un insulto para el pobre de espíritu, un halago para el intelectual o el artista. Apartamos de nuestra vida la clásica y romántica palabra "locura"; ahora es psicosis, neurosis, bipolaridad. Ya no es magia. Ya no hay verdad inocente; la de los niños, la de los borrachos, la de los locos.

El demente transgrede los límites domésticos, los sociales. Es un debate moral. Loco, el que mata, el que hace daño a sus semejantes, el que engaña, el que roba. No es loco el que ríe a destiempo, el extravagante, el misterioso. Un temor equivocado, un temor social a lo distinto, a lo que sorprende, a lo extraño. El miedo instalado para manejar nuestra individualidad.

Los delirios de Marina, alucinaciones y fantasías no son irreversibles. Una gran parte de día vive en la consciencia. Sabe que está inmersa en mundos paralelos. Su pesadilla constante es averiguar cuál le hace feliz, en cuál elige vivir. Imposible desechar alguno. La visión fragmentada de su vida la consume. La medicación amaestra su estancia en este mundo. Muere y resucita cada día, cada momento de euforia o de abismo absoluto. Lo constata su psiquiatra en un informe que me enseña Sofía. Vuelvo al ataque. Le ruego que me confíe a su madre. Tengo un plan.

Guardo en una bolsita de trapo verde las pastillas del delito. Marina es capaz de esconder algunas de la vista de Pablo. Me las entrega en cada visita. Algunas están desechas por chuperreteadas. Marina confía en mí. Es mi guerra contra un mundo deshumanizado; contra la debilidad de los hombres que transforman su vacío en violencia. Todos los hombres que atacan a las mujeres. Todos los hombres que atacan a otros hombres. Todas las mujeres que atacan a otras mujeres. Mujeres que no lo son, que son paternalistas, gobernantes, ladronas y violadoras. No busco explicación. No lucho contra molinos de viento. Salvo a Marina, es suficiente, eso creo.

No tengo ocasión de volver a marcar el número de Alex. Me llama. Está cansado y está morriñoso.

—Ari, estoy planeando volver a España —dice.

—¿No va bien con Hanna?

—Va bien o como siempre, sin grandes desniveles.

—¿Qué te pasa, Alex?

—Estoy aburrido de la vida que llevo. No me llena, no me aporta.

—Entiendo.

—Intentaré conseguir unos días para estar con Marina.

—Muy bien. Entonces te veo pronto. Tengo cosas que contarte.

—¡Adiós, santa Ari!

—¡Adiós!

Cuento mi nuevo proyecto de vida a Calen, a papá, incluso lo desvelo delante de la incredulidad o asombro de Sofía. Ahora soy yo la loca.

—¿Quieres tirar nuestra vida en común a la basura? —dice Calen.

—¡Calen, sólo estoy dando forma a una idea!

—Una idea de locos. ¿Estás loca Ari?

—Cuando regreses hablamos. Desde la cercanía lo podemos valorar de otra manera.

—¡Es una extravagancia de las tuyas! —Su voz es firme, su tono amable—. Ari, no muevas ficha hasta que yo regrese, ¡te lo pido por favor!

—Te quiero de todos modos. ¡Adiós Calen!

Con el teléfono aún en la mano, me asalta la duda.

Mi padre respeta mis decisiones. Puedo hacer con mi vida lo que quiera. Yo decido.

—Te pido que pienses en tus hijos y en Calen —dice—. Ellos son lo más importante de tu vida. ¡Son tu vida!

Supongo que es así. Estoy segura.

Después de consultar a los vivos, pregunto a los muertos.

Otu, discreto. Desciende hasta el subsconsciente.

Llegamos a Orongo. Nos arrastramos para entrar en una casa. Es una cueva demasiado oscura. Me siento en la negrura. Mi imagen es la del "demonio sentado en un jardín" (pintura de Mikhail Vrubel). Espero a Otu que excava una pared con las manos. Escucho el ruido de la tierra y del mar. Noto las manos mojadas de Otu que pintan mi cara con el barro extraído. Oramos y contemplamos la negrura. Me falta aire. Mi respiración entrecortada es el único sonido. No hay mar, solo tierra húmeda y esponjosa bajo nuestros cuerpos. Otu me ofrece un regalo. Pone entre mis manos una piedra tallada, casi rectangular; no tiene aristas. Es un *rongo-rongo* (tablilla con inscripciones simbólicas). Lo deposito en mi columbario. Salgo a la luz.

Mamá desliza sus dedos sobre una tela blanca. Veo como se trasluce una cara. Es como "El Grito" de Edvard Munch. La angustia y la dislocación.

Despierto con el camisón mojado de sudor. Un sueño que no discierno. La ducha fría no atempera mi desasosiego. Entro en mi sala de difuntos. ¡Está ahí! Un pedazo de madera de toromiro repleta de glifos tallados. La irrealidad materializada o el deseo hecho materia. Toco el *mangai* colgado en mi cuello, para siempre.

Emprendo la tarea diaria y me distraigo. La cotidianeidad del vivero me devuelve la calma. La charla simpática de una Idoya exultante ahuyenta los vestigios del sueño. La lucidez negada. La presencia de Octavio es casi invisible. Sé que está porque veo su trabajo.

En la vuelta a casa descubro el sentido de lo soñado. La clarividencia se presenta sin disparate. Cambio de rumbo y me dirijo a la finca de Emilio. Él no está. Está su hijo.

—Si no te importa, me gustaría esperar a tu padre —digo.

—Claro, como quieras.

—Le he telefoneado. Debe tenerlo apagado.

—Posiblemente. Lo conectará cuando salga del trabajo.

Una llamada. Oigo el sonido de un móvil mientras estoy en el jardín. Emilio no viene. Me despido de su hijo. Mi petición es una exigencia que tendrá que esperar. A última hora de la tarde vuelvo a telefonear a Emilio.

—Mi madre pintó otros cuadros, ¿verdad? —digo.

—Sí, ¿cómo lo sabes?

—Lo sé. Son los que quiero ver.

—Ven mañana. Te espero a las cinco.

—Es tarde para mí.

—Dime tú la hora y veré si puedo atenderte.

—A las tres. Invítame a un café.

—¡Hecho, querida!

Lo sabía. Mamá me lo enseñó. Una plasmación particular de la desolación de la locura. La irrealidad de la vida o la otra realidad. El dolor y el llanto. La deshumanización del ser en colores sombríos, en trazos hirientes.

Mis hijos me devuelven a la luz. Necesito su risa y su vigor. Alegre locura.

Paso la mañana en casa, preparo mi siguiente paso. Busco un laboratorio y entrego dos píldoras para su análisis. En tres días o una semana puedo saber el resultado.

Llego pronto a casa de Emilio. Me está esperando.

—El café puede esperar —digo.

Bajamos al trastero. Abre un armario. Saca unos lienzos. Los pintó mi madre. No son paisajes, no son flores. Son heridas. Algunas de amor, otras de vida. Me hablan de Mabel, lo que ella escondía, su flaqueza; el dolor que no mostraba. Una delicada amargura existencial que curaba con amor. Un ser indefinido. Se hace la mujer no nacida. La mejor mujer, mi madre. Recojo su testigo. Soy su heredera. Ella conmigo.

Tengo más de una docena de pastillas que Marina no ha tragado.

—Marina, ¿quieres venir a vivir conmigo?

—¡Ay, Mabel, mi Mabel!

—Soy Ari, tía Marina.

—Sí, eres Ari. Hija de Mabel. Ya lo sé.

—¿Quieres dejar la clínica, venir conmigo?

—No puedo. Tengo que estar aquí para curarme.

—Yo te puedo ayudar, si tú quieres.

—A Pablo no le gustaría.

—Pablo no puede decidir por ti. Marina, tú decides.

—¡No, no, no! No puedo salir de aquí.

—Piénsalo, ¿de acuerdo?

—¡No, no, no! ¡Me tengo que curar!

Marina se excita, sus nervios mueven su cuerpo de un lado a otro.

—Sí, te tienes que curar. ¡Tranquila, Marina, tranquila!

No me rindo.

En las siguientes visitas, Marina está esquiva. No me regala ninguna de sus pastillas. Pablo la ha reñido. No debe hablar conmigo.

—Tengo ganas de volver a casa, de estar contigo —dice Calen.

—Yo también quiero que vuelvas.

—¿Cómo van tus planes?

—Van

—¿Sigues pensando en acoger a Marina en nuestra casa?

—No exactamente. Prefiero contarte cuando vuelvas.

—Pronto estaré a tu lado.

Le necesito a mi lado ¡Dios, como le quiero! Su alma y su cuerpo sobre el mío, a mis espaldas, frente a mí. Soy primitiva. Pienso en mi sexualidad paleolítica. Deseo, excitación y orgasmo. Despúes de esa vida, de ese éxtasis, la muerte temporal hasta una nueva iniciación. Reconozco una unidad espiritual. Una fuente de energía que nos revela felicidad, un estado sublime, una explosión cósmica que nos vacía de materia y pensamientos. A veces, el amor está vacío de contenido. Sólo es amor. Un sacrificio unido por el gozo. La vida y la muerte en un solo acto.

Recibo llamadas de Emilio hijo casi a diario. He bloqueado su contacto. Me preocupo. Parece que se ha obsesionado conmigo.

En el vivero han llegado dos buenos encargos. Una boda por todo lo alto. Una famosa pareja quiere sorprender un día especial con flores. También un hotel quiere probar nuevos diseños florales. Un reto que me incita a concentrarme en el trabajo. Aun así, desayuno o meriendo con Marina.

—Ayer no te vi. ¿Estás enfadada? — Marina pregunta cobijando la cabeza. Sus manos nerviosas retuercen el elástico del suéter.

—¡No, claro que no! —digo dulcemente—. ¡Contigo no me enfado nunca!

—Pablo se enfada. Sofía no, pero viene poco, tiene que trabajar, ¿sabes?

—Sofía te quiere mucho.

—Sí, Sofía me quiere mucho. Sofía es buena.

—¿Y nuestro secreto? ¿Has guardado pastillitas?

—No puedo. Pablo me obliga a tomarlas delante de él. ¡Son caramelitos! Él también los toma.

—¡Cabrón!

—¡No, no!, Pablo quiere que me cure pronto.

—Perdona.

Nos quedamos pensativas.

—Voy a tener que prohibirte las visitas a mi mujer —dice Pablo. Llega energúmeno y violento. Me levanto del banco.

—¡Como le hagas daño a Marina, te mato! ¡Te mato! —grito.

Cruzo la estancia entre cuerpos ladeados y mentes sin rumbo, levantando una ola de ira. Percibo el desasosiego que dejo dentro de ellos, escucho el sonido de su revuelo.

Robaría su corazón si no fuera mío.

¿Es mío o es de Dios?

Con tu cuerpo sueño, frío.

El alma desalojada, eterna y perdida.

¿Dónde estás, hermana mía?

Salgo de la clínica y voy a una agencia de detectives. Presurosa, decidida. Un joven guapo me atiende y me entiende. Transgredo la intimidad de Pablo. Una semana después sujeto unas fotografías en la mano. Pablo tiene un romance. El beso de una joven. Caricias. Muestras de amor.

—¿Con qué derecho? —dice Pablo.

—Ningún derecho —digo, y sostengo en la mano las ridículas fotos a color.

—Te puedo denunciar, Ari.

—¡Hazlo!

Le digo a Sofía que su padre tiene una relación, después de marear la cucharilla del café.

—¿Una aventura? ¿Mi padre? —Lo duda sin razón.

—No quiero enseñarte las pruebas. Pregúntale.

Ya está. Tema zanjado.

Confundo a Sofía, la desarmo y la hiero. A veces, una verdad causa una aflicción inconsolable. A veces dura poco. Las personas son, y hay que dejarlas ser. Con sus mentiras, con sus duelos, con su esperanzas. Cada uno realiza la búsqueda de su plenitud según su singularidad, una particularidad única y respetable mientras no cause a otro dolor. Un hombre busca, un hombre elige. Una verdad concreta no hace la Verdad.

Calen camina solo y con prisa, arrastrando en el aire su maleta. Choca conmigo, me engancha con los músculos de sus brazos, me aprieta hasta dolernos. Salimos silenciosos del aeropuerto. Me mira y sonríe. Lleno de alegría me besa, me abraza, me toca. En casa, los gritos se adueñan del espacio. Los niños no quieren dormir, el padre tampoco. Nuestro lecho se convierte en un salón de risas, de juegos y de caricias. Willen, asombrado y encantado, se pierde en la observación mundana. A minutos se detiene, contempla la algarabía de los cuerpos entre sábanas. Luego, inhala con fuerza la felicidad que nos envuelve, expira y se lanza sobre nosotros. Una y otra vez se tira al aire, seguro; un colchón de seres amados le recogen.

En el silencio de los cuerpos dormidos, Calen me da la mano por encima del sueño de su hijos.

—Ari. —Sus palabras enmudecen en el arrepentimiento—. Quiero decirte algo.

—Lo sé. Haz un esfuerzo.

—Lo siento. Fue una tontería, un dejarme llevar.

—Te follaste a Hanna-Hans. Me dices que lo sientes, me pides perdón, ¿qué es lo que quieres?

—Te quiero a ti.

—Lo sé. ¿Soy tu suerte o tu desgracia?

—Ari, ¡por favor!

—No soy una santa. Tú decides Calen.

Perdonar es un acto voluntario, olvidar es querer hacer magia. No sé si existe el perdón puro; si lo hay, excede a mi entendimiento, a los límites psicológicos de mi humildad. Una imposibilidad lógica. Perdono pero me afecta.

—Soy yo, quien necesita perdonarse —dice.

—Estoy de acuerdo.

Perdonarnos a nosotros mismos. Un acto de cumplimiento diario para sobrevivir. Autorevalorizarse, recuperar el autorespeto para recuperar la vida. El tiempo y el espacio ocultan el disvalor moral de la acción equivocada. No sé si Calen olvidará. Yo sí.

Me doy tiempo. Faltan unos meses para el verano. Entretanto, voy atando los cabos que completan mi plan.

Visito a los Emilios por última vez. Aceptan sin mirar el nuevo contrato que les propongo. Les hablo de mi próximo cambio de vida y de domicilio. El padre me bendice con su mano en la mía, el hijo me mata con una mirada largamente consumida.

—¡Por favor, no te vayas! —Emilio hijo corre a despedirme hasta la verja de entrada. Me sujeta por el brazo. Un suave movimiento de mi cuerpo se desprende de su atadura, sin dar importancia al acto, un instintivo reflejo.

—No entiendo Emilio. Tú no tienes nada que decirme. —Intento abrir la puerta del coche.

—Está bien. ¡Sí tengo que decirte algo! —Su cuerpo se enerva y se vuelca hacia delante, hacia mí— ¡Me gustas, Ari, mucho! —Se destensa, baja la mirada y respira con desaliento—. Tú lo habrás notado. ¡No me digas que no! —Se calma de nuevo— ¡No te vayas! —Intenta robarme un beso que se queda en suspenso. Me aparto como puedo de su cuerpo hinchado de violenta testosterona. Mi mano no alcanza a agarrar la manilla de la puerta del coche, agarra el aire y no coge nada.

—Lo siento, Emilio. No me interesas. Tengo una vida y una familia que me hace feliz. —Consigo abrir el coche y me incrusto en el asiento. Su cuerpo no deja que pueda cerrar la puerta.

—¿No quieres que seamos amigos?, al menos eso, ¿o tampoco?

—Claro. ¡Ya somos amigos!

Gesticulo y exagero la mirada que dirijo hacia la puerta de la casa. Como si viera a Emilio padre, levanto la mano en señal de despedida. Emilio se aleja de mí, despacio; me cierra la puerta del coche, caballerosamente. Temerosa, echo el seguro de todas las puertas. Levanto la mano para despedir a un hombre intranquilo y obsesionado hace sólo unos instantes. El miedo afloja, respiro tranquila mientras arranco el motor dormido. No diré nada a nadie. Un suceso para olvidar. Mí conmigo.

Sigo adelante con mis planes. Propongo a Idoya la dirección del vivero. Yo sólo soy la dueña; el negocio es suyo, lo trabaja y lo merece. Ella ama el vivero y lo consagro a sus deseos. Si lo cierro, encierro la parte viva de mi madre. No sé si Otu vive en él o ha regresado a la Isla. Paso los días sin su compañía, sus visitas subyacentes se demoran de más en más. En cualquier caso, el manavai sigue latiendo. Idoya lo conserva como el corazón del vivero. Otu es espíritu nacido del viento del volcán, vaga por donde quiere.

Concluyo las conversaciones con Sofía acerca de su madre. Marina decide. Creo que ya nos conocen en el Starbucks de Fuencarral. Su terraza es un lugar de encuentro que nos agrada; a pesar del bullicio de la calle, la clientela es silenciosa y singular.

La chica morena con coleta me ve en la fila. —¿Lo de siempre? —me pregunta.

Agradezco su reconocimiento entre el gentío que atiende a diario.

Se lo cuento a Sofía. —Sí, es agradable. Vivimos la ciudad y apenas nos miramos las caras —dice.

»Es doloroso entregarte a mi madre. En contra de las apariencias, te diré que la quiero muchísimo ¿sabes? Es una mujer buena, aunque sea lamentable decirlo así. Puede que tenga carencias, para según quién. Yo, en ocasiones, he sido cruel con ella. Pensaba que mi madre no daba la talla. ¡Qué horror decirlo en alto! ¡No sabes cómo me desprecio por eso! Ahora, enferma, su fragilidad, su inocencia, me parecen lo más auténtico y verdadero que posee. Confieso que soy culpable; y la culpa se hace más enorme cada día. Soy yo, quién debe estar con ella; yo, quien la cuide; yo, quien la ame cada momento de su vida; quien la bese al acostarse y le dé los buenos días.»

Sofía llora a chorros. La angustia no deja que pronuncie una sola palabra más. Me contagio de su agonía.

—La llantina desaloja los malos espíritus —digo.

Respeto su tiempo y ocupo su espacio. Le acerco mi mano; ella la coge y la pega a su mejilla. Limpio sus lágrimas, luego las mías. Intuyo que a Sofía le duelen las palabras:

»He hablado con mi padre. Llevan tres años de relación. ¡Es un desgraciado! Procuró la enfermedad de mi madre para encontrar su dinero. No me lo ha confesado él, lo he deducido de sus palabras, de su actitud. ¡Qué asco! Nunca conoces a las personas, aunque vivan a tu lado toda la vida. Es un fraude de hombre. Ni siquiera me decepciona. Le he obligado a solicitar el divorcio. Nunca más volverá a ver a mi madre. ¡Lo juro! Tampoco verá un céntimo de ella. En un mes escaso, mi madre estará soltera. Será libre para disponer de su vida, aunque sea una vida distorsionada, es la que tiene.

Me desprendo de mi padre como quien se quita una chaqueta porque tiene calor. Con dolor, sí, pero le he sacado de mi vida en un violento suspiro. La familia me importa hasta un punto: el que contradice mi esencia, el que destruye mi ser. Ése es mi padre; el hombre que encarna mi lucha. Con mi madre ocurre lo contrario. Con su locura ha ganado todo mi amor, incluso el que no le di cuando estaba cuerda. Sé que me ama sin medida. La cuna donde naces es una suerte, la vida que desarrollas es una elección. Sólo ata lo que se quiere. Para mí la herencia no es determinante, no es un destino escrito. Es susceptible de borrar y tachar y volver a escribir. Cómo sueles decir tú: "Tema zanjado".

Durante algún tiempo tuve celos de ti, Ari. Cuando empiezas a tener uso de razón, cuando eres capaz de comprender las conductas de los adultos, descubres cuál es tu lugar en el mundo. Mi lugar no está entre vosotras. Quiero a mi familia, hemos vivido juntos y existe un roce, pero no me la impongo. Las mujeres de la familia tenéis un vínculo ancestral que no comparto. El por qué yo soy diferente, no me quita el sueño.

Nunca entenderé los entresijos de la sangre como vosotras. Tal vez porque no tengo hermanos ni hijos, no sé, o porque no he gastado el mismo tiempo y espacio que vosotras. Creo que a Jaime le ocurría igual ¿sabes?; él era hombre, por lo que no gozaba de la confianza de vuestro estricto círculo femenino. Yo, al parecer, tampoco. ¿Qué puedo decir sobre vuestro "inconsciente familiar"? ¡Mi madre piensa que soy lesbiana! No va desencaminada. Las verdades absolutas no existen. Me posiciono al lado de la mujer que no sufre el rol de mujer; no me atrae el hombre en su papel de hombre. Si te soy sincera, no me importa el género, masculino o femenino, me da igual; me importa el género humano.

Mi madre te adora, Ari, como adoraba a Mabel. Eres la continuidad de su hermana en la tierra. Las relaciones humanas son complicadas, las de la familia más. Si ella quiere irse a vivir contigo, lo acepto. Confío más en ti que en mí. Ella también. Ari, será su decisión».

—Claro, su decisión —digo.

Reconozco la valentía y la generosidad de Sofía. Su concepto de la herencia transgeneracional, esa continuidad de errores cometidos por nuestros antepasados que viven en nosotros, no es exactamente lo que yo creo. No es lo que mi madre me enseñó.

Mamá, que era creyente, citaba una frase de la Biblia: «Los padres comen la uva verde y los niños rechinan los dientes». Toda su vida contraviene la frase de Ezequiel, ella obra por propia voluntad. No carga a ninguno con la herencia maldita, con sus actos la cura para siempre. No cree en el determinismo, transgrede el naturalismo psicogenético. Alimenta su fe en el libre albedrío y en Dios.

Desde que urdo mi plan, sueño con Mabel. Me muestra la magia de las vidas ancestrales, el hilo de esencia que nos une a nuestros difuntos, el espíritu que habita en los sueños. Me guía hacia una vida serena, plena vida que plazca al alma. Lucho y vivo por deshacerme de los errores del pasado. Los de mis ascendentes y los míos. Me importa el legado que deposito en mis hijos. Me importa librar a mi familia del dolor y conducirla hacia la calma. Me importa conseguir mi plenitud. Me decido y encierro los secretos dolores de mi familia. En mí terminan. Miro a través de la ventana del pequeño cementerio familiar, con las cenizas de mis muertos presentes, la noche de las perseidas. En cada movimiento de cada estrella diluyo el rencor digerido a fuerza de antidepresivos y sesiones de terapia. Desaparece en el espacio infinito. Se acaba.

Es domingo, diez de la mañana. El vivero está cerrado, pero recibo un mensaje en el teléfono. Es de Octavio. Él vive allí. ¿Dónde si no? Envía todo el sueldo a su familia: madre, mujer, cinco hijos, tres yernos, siete nietos y otros desconsolados que se acercan. Demasiados habitantes para dos cuartos de adobe y latas. *"El sñor luis hijo a benio a buscala. A dao gritos con su nombre y a aporreao la puerta. Yo e salio con la pala y lo e echao fuera. Paecia loco. Idolla no tie teléfono encendio. Digame que ago señora si vuelbe. Octavio."*

Se me atraganta el pan con aceite. Llamo a Octavio y le digo: —Si vuelve, llamas a la policía. Apunta el número: cero, nueve, uno. ¡Gracias Octavio!

Recojo mi desayuno. Los demás están listos. Me esperan.

Calen acaba de cerrar las maletas. Las baja hasta el coche. Los niños están contentos. Para ellos, la casa de La Ribera es ocasión de descanso y vacaciones. Yo llevo un pequeño baúl con mis seres queridos. "Tengo que habilitar un nuevo lugar para ellos, un habitáculo sagrado. Cerca de mí". Veo alejarse el coche con mis hijos y Calen. Yo espero a Sofía. Me trae a Marina.

Arranco el coche y una sensación de libertad ya vivida me conmueve. No voy sola. Conduzco a mi familia a nuestro hogar. En la casa hay una puerta para entrar y salir. La puerta está abierta; una antigua costumbre. Ellos conmigo.

***

Dicen que el veintiuno de septiembre habrá un eclipse solar completo. No es una fecha cualquiera. Una onda de energía impactante penetra en la tierra y afecta a la humanidad. El tiempo y el espacio se alteran brevemente. La duración del eclipse inserta el pensamiento divino y las intenciones humanas. Sentimientos especiales se insertan en ese campo vibratorio de la sombra del sol por la luna, a los pies de un Mercurio retrógrado, entre la degradación del movimiento de todos los otros planetas. Pienso en Alex. Al otro lado del atlántico el eclipse será completo. Si pide un deseo, se le cumplirá. Estoy segura.

Este día, junto a mis muertos y mis vivos, abro puertas dimensionales, abro mi conciencia a los sueños. Sueños lúcidos, un pulso del pensamiento, la fuerza vital que sugiere formas sutiles e importantes. Deseos de bienestar y bendiciones entran por las ventanas de la casa. El eterno presente, donde todo es, claridad multidimensional de verdadera recuperación. Sea.

Todos en el jardín, en una noche oscura y cálida, bajo un eclipse figurado, contamos las estrellas del firmamento. Extrañamente, Marina encuentra a Venus. Puede ser. Reconocemos los astros que nos enseñan los libros, bautizamos luceros con nombres ilustres -los nuestros-, imaginamos figuras astrales, inventamos magníficos cuentos que nos hacen temer o nos hacen reír. No importan los días que nos queden por vivir, los viviremos juntos, si queremos. La casa tiene la puerta abierta, para entrar y salir. Es una antigua costumbre.

El veintidós de septiembre llega un mensajero a la casa. Jaime abre la puerta y reclama mi presencia para echar una firma.

—¿Puedo abrirlo, mamá? —dice Jaime.

Es un tubo cilíndrico grande de cartón. Saco unas telas pintadas. Leo el remite y busco alguna nota. Nada escrito. Reconozco las pinturas de Mabel, de una Mabel joven, repletas de presagios. ¡Están rajadas! Su legado vital en pinceladas de colores y rastros de muerte. Mi madre, una mujer entera que hizo de su vida un puzle de amor y justicia, recogiendo pedazos de nuestras vidas, conformando la suya con la sangre de nuestras heridas. Ella conmigo.

Voy al pueblo. Conduzco rápido. Mi madre se desangra, entre colores rasgados. Dejo el coche en segunda fila. ¡Es una emergencia! Abro con decisión la puerta de la tienda de cuadros. Suena una campanilla, aparece un señor con cojera y bigote.

—Lo siento. No tiene arreglo —dice.

—¡Por favor, inténtelo! —digo sin consuelo—. ¡Para mí es muy importante! ¡Se lo ruego!

—¡Están destrozadas! Creo que es un trabajo inútil. De verdad, le recomiendo que no gaste el dinero.

—¡Por Dios!, no me diga eso. No me importa el dinero que cueste.

—No debería —el hombre duda, mira y remira las pinturas heridas, examina con lupa de joyero cada trazo. Se toma un tiempo. No abandono la esperanza—. ¡Son buenas pinturas! ¡Qué pena!

—Para mí son más que eso. ¡Son de mi madre! —La congoja no me deja articular bien las palabras.

El hombre me mira a los ojos y se apiada. —Está bien, veré lo que puedo hacer. No puedo darle ninguna garantía.

—¡Claro, lo entiendo!, sólo haga todo lo que pueda.

—¡Sin reclamaciones!, ¿de acuerdo?

—¡Por supuesto! ¡Muchísimas gracias!

Hay un coche parado detrás del mío. El conductor me regaña y me insulta. Arranco rápido y huyo. Huyo asustada, creo ver a una persona conocida y desagradable. ¿Emilio, el médico obsesivo, en la puerta de un comercio, en la calle de enfrente? A veces la desesperación engaña, el miedo turba la realidad. Veo lo que no existe. Puede ser.

El ánimo me decae. Todos lo notan. Calen me pregunta. "Claro que estoy bien, ¡feliz!", le digo.

Me falta alegría, pero me reafirmo en mi intención de otra vida posible. Todo continúa estable. Calen y papá trabajan en sus cosas. Marina se entretiene en el taller o en el jardín. Anda todo el día detrás de mí; un perrillo perdido y hallado, ansioso de hogar y caricias. Mis hijos crecen bajo la aquiescencia de todos. ¡Son felices hasta en el colegio!; eso me dicen. Yo lo intento.

»Como en una novela negra. Un hombre, con gabardina y sombrero de ala bajo el que esconde su rostro, me vigila, medio oculto tras una esquina. Sigue mis pasos. Yo soy una chica joven, de pelo largo, con un vestido de flores que se mueve al correr de mis piernas. Está muy nublado, el día es gris plomizo, parece que llueve mientras yo corro por una plaza de adoquines grandes, húmedos y resbaladizos. El hombre me observa desde la misma esquina. No acabo de cruzar la plaza, no alcanzo los soportales. Soy un flanco fácil. Camino ligera y no avanzo. El hombre tiene intención de alcanzarme. Miro detrás de mí. Una mujer con paraguas asoma por la entrada de la plaza. El hombre se retiene en la esquina, no quiere que la mujer le vea. Puedo cobijarme bajo el paraguas de la mujer, espero que pase por mi lado. Espero y espero. Espero y vigilo. La lluvia se hace intensa. Presiento que llega la noche. Vuelvo la cabeza, la mujer avanza pero no alcanza mi horizontal. Yo espero. Me puedo refugiar bajo el paraguas, a su lado, el hombre no sale de la esquina, baja la cabeza para que no vea su cara. Los adoquines resbalan, la mujer pausa su paso y me habla: "Tranquila, señora, tranquila"».

Me levanto resacosa del sueño. Es Noche cerrada. La respiración de los míos llena el silencio de la casa y me asegura. Voy a la cocina en busca de un cigarro. La abuela los tiene escondidos. Al fondo del cajón, donde se guardan las tablas de cortar. Desato el lío del pañuelo que envuelve la cajetilla. Quedan tres cigarros. Fumo uno ante un vaso de leche. Es posible no pensar en nada. Solo estar.

Con la casa en orden, con Johanna más pendiente que yo de los quehaceres diarios, visito clínicas psiquiátricas para iniciar un tratamiento presencial para Marina. Me dice que ella no quiere ir al colegio, que ella no es una niña. No lo es.

—¿Cuál te gusta más? —pregunto a Marina, que se agarra a mi mano como si la fuera a llevar el viento.

—La verde, me gusta la verde.

—¿Cuál es esa?

—¡La casa verde!, la de la señorita con gafas.

—¡Ah! De acuerdo. ¡La que tiene las paredes pintadas de verde pálido!

—Es más elegante, ¿no crees, Ari?

—Sí, lo creo. Creo que es un sitio precioso.

—Pero solo voy a estar un rato, ¿vale?

—Eso es. Un rato por las mañanas.

Hacen a Marina un reconocimiento físico y mental. Todas las mañanas durante una semana le digo que tienen que hacerle los exámenes.

—¡Son muy exigentes!—, me dice complacida.

Creo que hacemos una buena elección con la "casa verde". Paramos en una confitería. A Marina le apasionan los dulces de Cartagena. Es golosa como la abuela. Quiere probar todos los que hay en la vitrina. Elegimos dos merengues para el camino hasta el aparcamiento. Reímos con la boca llena. Echamos las servilletas manchadas y pegajosas a la papelera. Levanto la vista y el fantasma de Emilio nos observa desde la distancia. Está al lado del semáforo que no esperamos a que se ponga verde. Con el brazo de Marina asido por mi garra, doy la vuelta y paro un taxi. "A la universidad Politécnica, por favor", digo al taxista.

Papá se sorprende al vernos en la puerta de su despacho. Le digo que es una visita de cortesía, y le relato que Marina empieza su terapia la próxima semana.

—¿Estás contenta, Marina? —pregunta papá.

—Sí. ¡Es un sitio elegante, y son unos profesionales! —dice Marina, satisfecha—. Está pintada de verde, verde clarito, ¡preciosa!

Mi padre nos lleva hasta mi coche. El fantasma ha desaparecido o yo no le veo. El regreso a casa se hace largo. Veinte minutos en los que Marina charla sin parar consigo misma. Mi cabeza está en otros pensamientos.

Calen se va a Madrid, tiene que reportar su trabajo. Yo me quedo con los míos.

—Son un par de semanas, Ari —dice Calen.

—Lo sé. No te preocupes. Ese era el trato —digo.

No le puedo pedir más. Sé que me seguiría al fin del mundo. Se aparta lo necesario de su trabajo para estar con nosotros. Es el hombre de mi vida y dispone de total autonomía. Su libertad es la mía.

Acostumbrados a sus viajes, los niños se despiden de su padre. Marina lo hace con aspavientos y montones de besos.

—¡Sed buenos! —dice Calen, y arranca su coche.

Seguro que lo seremos, ya lo somos. Esto ocurrirá muchas veces en nuestra vida, sus ausencias, digo. Doy gracias al cielo, Calen siempre vuelve.

Llevo a Jaime hasta el colegio. Aunque es sábado tiene una excursión el fin de semana. No quiere decirme adiós desde la ventanilla. Le dan vergüenza las excesivas muestras de cariño maternales. Los papás de sus amigos se van ya. Hago lo propio.

Papá y Ana Ari se van a pasar el día en el barco. No es día de pesca, a ellos les da igual, el mar les llama y les enloquece. Me quedo con el pequeño Willen y Marina, la mayor. Son dos prendas, imparables pero tiernos. Queremos plantar pensamientos alrededor de las palmeras. Les encanta enredar conmigo, hacer hoyos, remover la tierra.

—Marina, ya podemos plantar las flores. Elige una maceta —digo.

—¿Las violetas?

—Muy bien, alcánzame una.

Willen continua hincando pala a su antojo.

—¡Vaya, la florista y sus ayudantes!—. A nuestras espaldas, una voz se dirige a nosotros. Marina y yo volvemos la vista. ¡Me aterro!

De pie en el porche, con las manos en los bolsillos del pantalón, los ojos tapados por gafas de sol con cristales de espejos, barba de tres días, nos observa Emilio.

—¿Cómo has entrado aquí? —Pregunto con el pequeño escavillo en la mano. Me adelanto unos pasos. Marina llega hasta él. Willen continúa jugando a hacer agujeros en la tierra.

—La puerta está abierta —dice Emilio—, pero ya la he cerrado yo.

—¿Y no te han enseñado a llamar antes de entrar en una casa? —Me acerco más y despacio. Vuelvo la cabeza para determinar el sitio de Willen.

—Lo correcto, Ari, sería que me invitaras a pasar y que me ofrecieras algo de beber. ¿No crees? —Emilio no mueve una pestaña, clavado en el suelo.

Paso delante de él hacia el salón, luego hasta la cocina. Emilio me sigue, Marina también.

—Marina —digo—, ¿por qué no cuidas de Willen, podéis hacer más hoyos, de acuerdo?

—Lo que tú digas, Ari. Yo cuido a Willen, sí. —Marina sale, diciendo adiós con la mano al no invitado.

Dejo el escavillo en la meseta, cojo un vaso y sirvo agua fresca. Se lo ofrezco a Emilio. Me siento en la mesa y él hace lo mismo.

—¿Qué haces aquí? —pregunto— ¿Qué quieres?

—Pues verás —dice—, tenemos algo pendiente tú y yo.

Emilio saca una navaja del bolsillo. Abre la hoja automáticamente. Leo algo como M16-14 en la empuñadura. Juguetea con ella encima de la mesa. La pasea de una mano a otra. No puedo apartar la vista del filo plateado. Observo que está dentada por su mitad.

—¿Qué haces con eso? —Pregunto, y acompaño la mirada a los movimientos del arma.

—De momento nada; te lo enseño sólo para que me escuches. Esto —levanta la navaja y me la muestra, moviéndola en el aire—, tiene la capacidad de flojear la lengua, ¿sabes? Es sacarla del bolsillo y todo el mundo habla por los codos. Puedes preguntárselo a mi señor padre. ¡Mi santo padre, que en gloria esté!

—¡Dime lo que tengas que decir y márchate!

—¡No me despidas tan pronto! Es mejor hablar con calma, necesito que entiendas lo que hago y porqué. —Detiene las palabras. Con el dedo índice toca el filo de la navaja—. ¡Justicia!, ¡es simple, quiero justicia! —Levanta el tono de voz y me mira con ojos rabiosos—. Me lo pusiste difícil en Madrid. Me obligas a venir hasta aquí, y ahora vas a escucharme, ¿a qué sí?

Asiento con la cabeza. No me sale la voz del miedo que tengo. Ruego a Dios que Willen y Marina no entren en la cocina. Emilio comienza a hablar con voz de pasado herido.

»Apenas tengo recuerdos de mi niñez, tampoco de mi madre. No logro ponerle cara, a pesar de las fotografías que hay repartidas por toda la casa. No sé si era buena o mala, dulce o áspera; no tuve oportunidad; me la robó tu madre. Quiero que te pongas en mi piel o en la de tus hijos. Imagina que una puta, una loba, una cualquiera, caza a tu marido y tú, que estás locamente enamorada de él, te suicidas. Ese es el resumen. Sigo. Tú, una mujer entregada a tu marido, que sabes que es un cobarde y un cabrón, pero le quieres con todo tu ser, no piensas en tu pequeño hijo ni en nada, simplemente en desaparecer. Y te matas para dejarle libre, porque le amas de verdad. ¿Qué te parece? Algo así debió sentir ella, mi madre. La tuya, tu madre, una zorra, y él, mi padre, un desgraciado cobarde; incapaz de elegir, incapaz de echarle huevos a la vida; demasiado cómodo, como toda su vida: cómoda y placentera, gracias a su complaciente esposa. Él nunca arriesgó nada. (Queda pensativo, cabizbajo, no me mira, sólo pincha su dedo índice con el filo de la navaja).

Creo que tengo una ligera imagen de tu madre en mi cabeza. ¡Fíjate, lo que son las cosas! ¡Un recuerdo de tu puta madre y ninguno de la mía, mi santa madre! Recuerdo a Mabel, con unas tijeras en las manos, con un cinturón de herramientas alrededor de su escueta cintura, joven y guapa, dedicada a las flores, ¡qué delicada! Algo sucia su camisa blanca. Me mira sorprendida, y yo la miro interrogante. La puta de las flores en mi casa, con mi padre, sin mi madre».

Oímos el ruido de la verja al cerrarse. Segundos después, llaman al timbre de la puerta. Emilio se levanta y se pone a mi espalda. Noto el filo de acero en los riñones. El timbre insiste y los pasos se alejan. Se dirigen al jardín. Escuchamos voces y algarabía.

—¡Ari, Ari! —Marina me llama.

Se oyen risitas de Willen.

—¿Dónde está la señora de la casa? —¡Es la voz de Alex! ¿Alex, aquí?

Los tres entran en la cocina. Alex con Willen en brazos. Marina agarrada al faldón de la camisa de su hermano. Se quedan inmóviles. Emilio asoma la navaja por encima de mi cabeza, la sujeta sobre mi cuello. Alex suelta a Willen en el suelo y engancha su manita con la de Marina; les pide que salgan al jardín. Emilio concede. Marina obedece. ¿Qué piensa Marina?

Emilio me pide que salga con él, a la calle, hasta su coche. La navaja y yo nos movemos al unísono hacia la puerta. Alex nos sigue con la mirada. Pasamos delante de él y pone la zancadilla a Emilio, que pierde el equilibrio. Me vuelvo. Alex se tira sobre Emilio y le pega puñetazos. Emilio pincha a Alex en el brazo. Me asusto. Voy a los cajones de la cocina. Ellos pelean. Alex sangra. Cojo el rodillo y golpeo la espalda de Emilio varias veces, luego su cara. Alex le patea. Emilio suelta la navaja, la recoge Alex. Doy varios palos en la cabeza de Emilio, en el cuerpo, donde pillo. Emilio sangra, por la nariz, por la ceja. No puede levantarse del suelo por el dolor. Alex me pide algo para atar a Emilio. Alex le tiene sujeto y le amenaza con la navaja. Emilio forcejea. Otra vez se pegan golpes y la navaja cae al suelo. Alex golpea la cabeza de Emilio contra la pared. Me horroriza el sonido. La sangre comienza a manchar demasiado. Emilio patalea y tira a Alex al suelo. Las respiraciones son huracanes. Recojo la navaja del suelo y la lanzo hacia el pasillo. Agarro de nuevo el rodillo y atizo a Emilio en el cuello y en el pecho. Él se dobla y grita. Alex se tira encima y se monta sobre el cuerpo de Emilio. Llevo cinta de carrocero, es lo que encuentro a mano. Emilio se revuelve. Alex me quita el rodillo y atiza varios golpes a la cabeza de Emilio; por fin el bicho queda rendido en el suelo, sangrando por la cara y por el costado. Alex le pone cara abajo, ata como puede las manos y pies de Emilio. Alex me grita para que llame a la policía. Lo hago. Recobramos el resuello. Salgo al jardín un segundo y veo a Marina jugando con Willen. Cierro la puerta que accede al porche. Sirvo un vaso de agua a Alex. Mi tío tiene moratones y sangre, en las manos, en el brazo, en la cara. Las sirenas de la policía suenan en la calle.

Calen acuesta a los niños. Marina me ayuda a preparar café irlandés y una leche manchada para ella. Calen entra en la cocina, me coge la cara entre sus manos y me da un beso suavecito. Marina ríe; Calen le coge la cara entre sus manos y le da un beso suavecito, sale y pone música. Papá y Alex nos esperan en el porche.

Miro hacia el rosal pero no distingo el color de las rosas, sólo un bulto enorme y negro cercano a la valla. Sé que hay rosas, blancas y rojas, vivas y turgentes, que nos regalan cada noche un pellizco de su aroma.

Desde el salón suena la voz herida y rota de Billie Holiday: "Solo una oportunidad más".

Just one more chance
to prove itand's you alone i care for
each night i say a little prayer for
just one more chance

just one more night
to taste the kisses that enchant me
iand'd want no others if youand'd grant me
just one more chance